「え、えっと、その……」
アイル
「俺には君が必要なんだ！」
チェンバー

――その身体が、メリメリと
音を立てて巨大化し始めたっ!?
剣を上段に構えるゴブリンの肉体が
大きくなっていく。
そこには――ゴブリンリーダーを
一回り大きくしたような、
巨躯の黒鬼が立っていた。
そして俺の雷剣トール同様、あいつの
持つ剣からも緑色のオーラが噴き出している。

「ライトアロー!」

外れスキル『レベルアップ』のせいでパーティーを追放された少年は、レベルを上げて物理で殴る

しんこせい
Shinkosei
ill.てんまそ

CONTENTS

プロローグ

俺の所属している冒険者パーティー『暁《あかつき》』は、四人のメンバーで構成されている。

「僕たち『暁』は四人で一つのパーティーだ。誰一人欠けることなく、頂《いただき》へ辿《たど》り着《つ》いてみせる」

こいつは頼りになるリーダーのジェイン。

剣を使えば天下無双の剣豪で、ただ腕っ節が強いだけじゃなく魔法まで使える万能の魔法剣士だ。

地元では敵なしだったらしく、ゴブリン狩りぐらいしかできない田舎《いなか》じゃ満足できずに都にやってきた。

もっと難易度の高いクエストをクリアして成り上がりたいっていうよくいる口だな。

ただ、いくらでもいる口だけの輩《やから》とは違い、ジェインには本物の実力があった。

俺たちがまがりなりにもCランクパーティーとしてやっていくことができているのは、どんな逆境も跳ね返すことのできるジェインの力のおかげだ。

「あったり前じゃない！　私たちはこのまま、押しも押されもせぬSランクパーティーへの階段を駆け上がるんだから！」

負けん気が強い魔法使いのマーサ。

いかにも魔法使いって様子のトンガリハットにローブを着け、手には杖《つえ》を持っている。

細身で非力そうだが、パーティーの中で最も火力が出せるのは彼女だ。

マーサが得意なのは火魔法。

魔法の門外漢な俺にはよくわからないが、その威力や精度はBランクパーティーからの勧誘が来るほどのものらしい。

マーサの放つフレイムウェイブは敵を一掃し、必殺技であるゴアフレイムを食らえば、重傷にならないモンスターはいない。

彼女はうちの貴重な後衛だ。

「ジェインさんは神に愛されていますから。きっと私たちなら大丈夫です」

そう言ってジェインに笑いかけているのは、プリーストのナル。

常に神官服を身に纏《まと》っている彼女は、毎日必ず一回は祈禱《きとう》をするほどの熱心な聖教徒だ。

ナルは幼い頃から教会で育ち、プリーストとしての教育を受けてきている。

そのため回復魔法や結界魔法、魔除《まよ》けに除霊《グレイブストライク》まで、教会の人間が覚えることのできる光魔法はほとんど覚えているほど。

ナルはジェインを聖教徒にしようとしきりに勧誘を続けているが、どうやら未《いま》だ改宗の兆しは見られないようだ。

「ああ、俺たちなら……きっとどこまででも行ける」

ジェインの声に最後に答えるのはこの俺——チェンバーだ。

パーティーでの役目はタンク。

魔物と最前線でぶつかり合うのが俺の役目であり、俺がどれだけタンクの役割を果たすことができるかで、戦闘の運びが変わってくる。

ぶっちゃけ三人と比べれば……俺は弱い。

魔法も使えなければ、純粋な腕力ですらジェインに負けている。

俺が『暁』から追い出されずに済んでるのは、他の奴《やつ》らが引き受けない、身体《からだ》を張って傷だらけになる役割でも文句一つ言わないから。

そして付け加えるなら、このパーティーの現状を維持できる人員だからだ。

ジェインしか目に入らないマーサとナルの様子を見ればわかるように……二人は明らかにジェインに惚《ほ》れている。

おまけに二人とも、見た目だけならかなりいい。

とりあえずタンクはいた方が、後衛の二人が楽になる。

ただし、二人に懸想するような人材は困る。

そんな理由から、俺がパーティーに勧誘されたというわけ。

けど別に、嫌だとは思っていない。

何事も適材適所、俺がすっぽりとハマったのがタンクだったってだけの話だ。

ジェインはすごく気のいい男だし、Cランクという中堅どころのクエストがこなせるおかげで、一回の仕事でもらえる額だって悪くない。

そりゃマーサたちを見れば、俺だって時たま付き合ってみたいとか、ワンチャンないかなとか思うこともある。

けどすぐに心の中の冷静な俺が、手でも出したら全てを失うぞと教えてくれる。

それに、ジェインがいない時のあいつらの本性なんかそりゃひどいもんだ。

仮に付き合えても、絶対にロクなことにはならない。

最近はもう、ジェインがかわいそうだと思うようになってるくらいだし。

下手に本性をバラしたら何をされるかわからないから、何も言えないんだけどさ。

ちょっと冷静に立ち止まることができるくらいには頭が回ったおかげで、俺は今までこの『暁』で活動できていた。

だがそれも、今日で終わりになってしまう……かもしれない。

――ジェインが俺たち『暁』のメンバーを呼び出して決起集会をしているのには、理由がある。

明日、俺たちを取り巻く全てが変わってしまうかもしれないのだ。

この面子《メンツ》での活動が、二度とできなくなってしまうかもしれないからこそ、こうして顔を合わせる場を作ったんだと思う。

俺たちが暮らすこのセブンステイル大陸では、十五で成人になる年の元日に、神様からスキルを授かることになっている。

スキル、というのは後天的に得られる能力のことだ。

『剣術』のスキルを手に入れた人間は、まるで熟練の剣士のような剣捌《けんさば》きを見せるようになる。

魔法系のスキルを手に入れた人間は、今まで使えなかったことが不思議に思えるくらい巧《たく》みに、魔法を操れるようになる。

後天的に得られる、神様から贈られる才能。

これによって多くの人間の人生は変わってしまう。

今まで自分たちがしてきたことの延長線上にあるスキルが得られれば、万々歳。

もしまったく逆のスキルが出れば残念賞。

更にそれが有用なものだったりしたら、悲劇の始まりだ。

今までしてきたことはなんだったのかと、何年も頑張って続けてきたことを辞める。

そして熟練者ばかりのスタートを切れるスキルを使い、場合によってはしたくもない仕事をやらなければならない。

もちろん、スキルと関係ない仕事についたっていい。

けれど残念なことに、やっぱり一番成果を出しやすいのは、スキルと関連している仕事だったりするのだ。

スキルの補正は、それほどに絶大なのである。

俺は十二の時に冒険者ギルドの門を叩《たた》き、十三になる直前に『暁』の四人目のメンバーとして加入することになった。

俺たちは皆今年で十五になるから、もう二年以上経っているのか。

あっという間の二年間だった。

スキルがない未成年の割には、良くやった方だと思う。

この街でランクアップの最年少記録を持っているのは、俺たち『暁』だったりするし。

さて、今まではなんやかんやでやってこられた俺たちにも、とうとう運命の日が――スキルをもらえる『天授の儀』を受ける時がやってくる。

俺たち『暁』に起こるのは、果たして喜劇か、それとも悲劇か。

俺はなんとなく嫌な予感を覚えながらも――ジェインと一緒に、朝まで酒を飲み明かした。

◇◆◇

「私は……『火魔法（極）』、今までも使えてた火魔法が達人級に上手《うま》くなるみたい。宮廷魔導師にスカウトされたけど、断ったわ。これでジェインに近付こうとするどんな羽虫も焼き殺せるわね」

「私は……『神聖魔法』スキルをもらいました。光魔法の中でも更に使い手の限られる神聖魔法を使えるようになるスキルだそうです。これがあれば、たとえ四肢欠損しようともジェインさんを治すことができます。聖イェナ礼拝堂勤《づと》めのお誘いは魅力的でしたが……私がいるべき場所は、ここですから」

「僕がもらったのは……『勇者』スキルだ。身体能力だけじゃなく剣技から魔法まで、あらゆるものに極大の補正をかけるスキルらしい。王立魔法学院のスカウトと、なんとか伯爵の養子にならないかという誘いをもらったけど……全て断ったよ」

三人がスキルを口にするその表情は明るかった。

どうやら皆凄《すさ》まじい効果のスキルをもらっているらしく、それが判明した直後に、色んなところからスカウトを受けたようだ。

俺が渋っているのを見て、ジェインが不思議そうな顔をする。

「チェンバーは何のスキルをもらったんだ？」

ほら、だからやっぱり……こうなると思ったんだ。

俺は諦めと苦笑を半々にした、ひきつった笑いを浮かべながら口を開く。

「俺のスキルは……『レベルアップ』。詳細は不明だが何一つ補正のかからない、外れスキルらしい。皆俺から離れていったよ。スカウトなんざ、一つもこなかった」

外れスキルっていうのは、その名の通りまったく使えないスキルのことだ。

これにはいったい何の役に立つのかわからないものと、どんな効果があるのか判明していないものの二種類がある。

例えば膝《ひざ》からちょろちょろと水を出せるようになる『膝水差し』のスキルは、生きていく上でほとんど役に立つことのない問答無用の外れスキルであり、分類としては前者。

そして俺の『レベルアップ』スキルは、後者にあたる。

レベルアップという言葉が何を指しているのかは、スキル授与の儀式を行っているスキル協会の人間でも誰一人として知らなかった。

アップということは何かが上がるんだろうが、そもそもレベルがなんなのかがわからないしな。

だがこういうことは、別に珍しくもないらしい。

スキルには膨大な種類があり、その総数は未だにわかっていない。

一日スキル授与をしていれば、未知のスキルを持つ人間が何人も現れるのもザラという話だ。

スキルの中でも、稀少《きしょう》度の高いものをレアスキルという。

つまりこの『レベルアップ』は、今のところ俺しか持っていない、紛れもないレアスキルだ。

そしてレアスキルであり外れスキルでもあるものは、特にこのような呼ばれ方をする。

「俺のスキルは……ハズレアだったよ」

「まだ……まだ外れかどうか決まったわけじゃない！　もしかしたら誰も手に入れたことがないだけの、未知の強力なスキルである可能性だって――」

ジェインの言う通り、たしかにその可能性も、まったくのゼロというわけではない。

スキルの効果がどんなものかがわかっていないからな。

ただそれはゴミ置き場の中から、価値のある骨董品《こっとう》を見つけるくらいの確率。

つまりはゼロではないが、限りなくゼロに近い極小の可能性だ。

基本的にスキルを授ける神様というのは、そいつに最も合っているスキルを授けるらしい（当たり前だが神様基準なので、俺たち人間からすれば理不尽だと感じるものもかなり多いが）。

つまり神様は俺にこの『レベルアップ』とかいうスキルが合っていると思っているってわけだ。

魔法も使えず、力もなく、人よりちょっとばかし耐久力と忍耐力があるだけの俺に与えられるスキル……どう考えたって、『勇者』や『神聖魔法』と並べるようなものではないだろう。

「ジェイン、無理してフォローしなくていいじゃない。チェンバーは外れスキルをもらった。そしてただでさえ広がりつつあった差が、とてつもないくらい大きくなった……ついていけないってわかってるんだから、さっさと抜けた方が賢明よ」

「ジェインさん、大丈夫ですよ。これからは私たちが、あなたのことを守ってあげますから」

マーサの言葉は直截《ちょくさい》に、そしてナルは婉曲的《えんきょくてき》に告げていた。

お前はもう、このパーティーでやっていくには力不足だと。

そして今の俺は、二人の言葉に反論するだけの気力はなかった。

事実、今後の『暁』の戦いで、俺は絶対にお荷物になってしまう。

ジェインのことは、勝手ながら……親友だと思っている。

俺は最も親しい友人におんぶにだっこというみじめな生き方だけは、したくなかった。

それにマーサとナルの二人が、既にもう俺はいらないという結論を出してしまっているのだ。

こいつらの性格を考えれば、もし残ったとしても、あの手この手で俺を追い出そうとするはず。

それならさっさと抜けた方が、問題が起きずに済むだろう。

「ジェイン、マーサの言う通りだ。俺は今日でパーティーを抜けるよ」

「そ、そんな……ナル、君もチェンバーが抜けない方がいいって――」

「それを決めるのはチェンバーさん自身です。彼が決めたことを邪魔するのは、よくないと思いますよ」

にこりと笑うナルに、ジェインが言葉を失う。

二人が俺を追い出そうとしていることに気付き、自分では止められないと悟ったのだ。

事実、俺が入る前にも二人は何度も四人目のメンバーを入れては追放している。

ついに俺の番が回ってきたのだということに、ようやくジェインは気付いたらしい。

「チェンバー、別れの手向けに少しだけ魔法の手ほどきをしてあげる。使えるようになるかはわからないけど……」

「それなら私も……すみません、積もる話もありますし、ジェインさんは少し離れてもらってもいいですか?」

「……ああ、わかった」

ジェインが距離を取り、逆にマーサとナルが近付いてくる。

二人はジェインに悟られぬよう器用にこちらに顔を向けながら……笑っていた。

「みじめね、チェンバー。『勇者』スキルを手に入れたジェインは、タンク役もこなせるようになった。もうあなたは完全に用済みよ」

「今まではあなたのせいで、ジェインさんとの仲を進展させることができませんでした。でもこれでようやく……ポッ」

ナルは頬を赤らめているが、その笑みが醜悪なせいでまったく魅力的に見えない。

マーサの方もずっと俺のことを邪魔だと思っていたようで、ようやく解放されたと満面の笑みを浮かべていた。

「あなたはパーティーから追放よ、チェンバー」

「さようなら、もう二度と会うことはないでしょうけど」

俺は二人の顔を見てこう思った。

……やっぱり下手に手を出そうとしなくて、正解だったと。

こうして俺は、パーティーを追放された。

そして大した実力もないタンクが、ソロ冒険者としてやっていかなくてはならなくなってしまったのである――。

第一章　『レベルアップ』の真価

『暁』というパーティーは、自慢じゃないがアングレイの街の中では結構有名だった。

『天授の儀』を受ける前の未成年だけでCランクにまで上がったというのは前例のない快挙だったし。俺を除いた三人が美男美女だったおかげで、かなり人目を引いてたからな。

街で変わらず活動をしていれば、『暁』の噂《うわさ》は絶対に耳に入ってくる。

それに冒険者ギルドで鉢合わせする可能性だってゼロじゃない。

俺が抜けた後のパーティーがどんな風になっていくのか。

気にならないと言えば嘘《うそ》になるが……もう彼らと俺の人生は交わらないのだ。

知っても意味のないことで心を乱されるのも嫌だったし、俺はホームを変えることにした。

新天地で心機一転、ソロ冒険者のチェンバーとしてやっていこう。

◇◆◇

「クソッ……やっぱりソロだと、こうなるよなっ！」

大剣でオークの棍棒《こんぼう》の一撃を受け、その勢いを利用して大剣を振るう。

刃は腰のあたりに当たり、オークは血を噴き出しながらそのまま地面に倒れ込んだ。

トドメを刺すだけの余裕はない。

腹を剣で軽く撫《な》でてやってから、すぐに周囲を確認する。

残るオークはあと三匹。

今までなら、俺が相手を倒す必要はなかった。

相手を倒してくれる奴《やつ》らの準備が整《ととの》うまで、俺が相手の攻撃を食らっていればよかったからだ。

俺の基本戦法は、待ち。

耐えて耐えて注意を引き、その間に仲間に攻撃を入れてもらう。

けれどソロになった今は違う。

攻撃も防御も、全部自分一人でやらなくちゃいけない。

ナルがいないから、回復だってポーション頼みだ。

バカスカ使っては足が出るから、あまり怪我《けが》を負わないような戦いを心がけなくちゃいけない。

――パーティーとソロは、こんなにも違うのか。

「うおおおおおおっ！」

俺は気合いを入れ直し、オークたちの下へと突撃していく――。

「ふうっ、ふうっ……」

最後のオークが動かなくなるのを確認してから、周囲を見回す。

敵影はなく、気配もない。

これで討伐完了だ。

オークはいい。

肉が美味《うま》いから、新鮮であれば魔石以外の部位もいくつか買い取ってもらえる。

ギルドに持っていけない分はその場で食えるから、バーベキューもできるしな。

まあ……一人だと楽しさ半減ではあるんだけど。

装備の調子を確認する。

留め具が緩んでいたりもしないし、特に大きな傷もなさそうだ。

俺の今の防具は、フロストリザードという魔物の革で作った革鎧《かわよろい》。

そして武器は、鍛冶屋で作ってもらった鋼鉄の大剣だ。

自慢じゃないがそこそこ力は強い方なので、鍛冶屋のおっちゃんに俺が問題なく振り回せるギリギリの重量に調節してもらった特注品だ。と言ってもミスリルの剣を買うほどの余裕はないから、あくまでも鋼鉄製だけどさ。

Ｃランク冒険者の装備としては、まあ……可もなく不可もなくって感じか。

ただオーク四匹を相手取ると、全力を出してやっとなんとかできるって感じで、俺個人の今の戦闘能力は、よくてもDランク程度だ。

下手に欲を出さずに、軽いクエストから受けておいてよかった。

「俺、これからやっていけるのかな……」

採取を終えて、一人呟《つぶや》く。

パーティーでの戦い方に染まりきってしまっている俺からすると、ソロでの戦いはむちゃくちゃやりにくい。

そもそも注意を引くことが目的の攻撃ばかりをしていたから、相手をしっかりと倒すための攻撃にも慣れていないし。

ソロでやっていくんなら、ただ耐えるんじゃなくて傷つけられないような戦い方をしなくちゃいけない。

今回だって、既に何個か擦り傷ができている。

こんなものにポーションを使ってたらキリがないから、我慢しなくちゃな。

けど……こんな戦い方をしていればすぐに身体《からだ》中が傷だらけになる。

そしてそれを治してくれるナルはもういないのだ。

(……またパーティーを組むか。ジェインたちレベルとまでは行かずとも、Dランク冒険者なら、食いついてくれる奴の一人や二人はいるだろ)

俺はソロでの活動に、早くも限界を感じていた。

やっぱりタンクにソロは向いて……。

『テレレレッ！』

「……は？」

踵《きびす》を返そうとした俺の思考を遮《さえぎ》ったのは、聞いたことのない異音だった。

なんだこの音、いったいどこから——。

『レベルアップ！　チェンバーのHP、MPが全回復した！　チェンバーのレベルが2に上がった！　攻撃が＋3、防御が＋2、素早さが＋2、HPが＋4、MPが＋1された！』

「……はあっ⁉」

身体がいきなり光り出す。

全身が謎の緑色の光に包まれ、戸惑《とまど》っているうちに……光はすっと消えてしまう。

「……なんだったんだ、あれ」

どこから聞こえたのかもわからない謎の音声やら光やら、ワケのわからないものの連続で頭が混乱している。

俺の頭がおかしくなったのかと思い、頬をつねろうとしたタイミングで気付く。

手のひらの傷が……消えてる。

そう言えばさっきの声……必死になって、どこからか聞こえてきた言葉を思い出す。

「『レベルアップ』は……怪我を回復させるスキルだったのか？　——うおっ、今度はなんだっ⁉」

俺の答えを否定するように、目の前に光の板が現れる。
そこに書かれていたのは……。

ステータス

チェンバー　レベル2

ＨＰ　53／53
ＭＰ　1／1
攻撃　11
防御　15
素早さ　6

魔法
ライト

「なんだ……これ」

まず間違いなく、この異常はスキルによるものだろう。

そしてこの天声《てんせい》（天から聞こえてくる謎の声じゃ味気ないし長いから、こうやって呼ぶことにした）の言うことには、俺のレベルは1から2へとアップした。

レベルがアップするスキル。

だからそのまま『レベルアップ』というわけだ。

いきなりすぎて、全然理解は追いついてないわけだけども……。

「ブヒイイイイッッ！」

「って、討ち漏《も》らしがいたのかよっ⁉」

『レベルアップ』スキルについて考察しようとしていると、顔を真っ赤《まか》にしたオークが突進してきた。雄叫《おたけ》びを上げていて、明らかに怒っている様子だ。

どうやらさっきのオークの群れの一員だったらしく、仲間を殺されて怒り心頭なようだ。

ちっ、とりあえず……やるしかねぇよなっ！

大剣を持ち上げ、肩に載せる。

そしてそのままオークの突進を地面を蹴って避けた。

軽く避けたつもりだったが……跳んだ距離が思ったよりも長い。

冒険者っていうのは身体が資本の生業《なりわい》だ。わずかな異変や身体感覚のズレが死に直結するからこそ、どんな些細《ささい》な変調にも敏感になっている。

違和感を覚えるが、さすがに戦いに集中しないとまずい。

だけど、大剣を振り下ろすと、違和感は更に大きくなった。

(剣が……いつもより軽い？)

振り抜いた剣が、オークの肩に当たる。

「ブヒイイッッ‼」

剣は軽いが、振り下ろした威力はむしろ高くなっている。

身体を捻《ひね》り勢いを加えた更なる一撃は、オークの腹部に深くめり込んだ。

「ブヒッ！」

オークがカウンターをねじ込みに来た。腹の傷が広がるのも気にせず、手に持った棍棒をこちらに振ってきた。

剣を抜きながら、そのまま引き寄せる。

鋼鉄の塊である大剣は、即席の盾としても使うことができる。相手の棍棒の一撃を受け止めることはできたが、何分右手で柄を持ち左手で剣の腹を押さえる不完全な防御だ。

こちらは全力で振り抜いた直後ということもあって、身体がかなり右側に傾《かたむ》いてしまう。

けれど何故《なぜ》か、弾《はじ》かれるようなこともなく、普通に攻撃を受け止めることができた。

感じる衝撃も、明らかにさっきより弱くなっている。

「なんにせよ……ありがたいっ！」

向こうがこっちの隙《すき》をついてくるっていうなら、こっちもやり返してやるよっ！
オークの攻撃を受け切ってから、今度は剣を両手に持ち替え、一閃《いっせん》。
「ブヒイイイッ！」
オークは断末魔の叫びを上げながら倒れていた。
ふぅ、と一息ついてから思った。
俺の力……間違いなく、強くなってる。

そこから身体の調子を確かめたり、動いたりして確認作業をしていく。
とりあえずこのスキルのおおよその能力を把握することができた。
まずわかったことその1。
レベルがアップすると、俺のHPとMPが回復する。
HPというのはヒットポイント、つまりは体力。
MPというのはマジックポイント、つまりは魔力。
俺のレベルが上がれば、これらを全回復できる。
条件付きだが、回復手段が手に入ったというのは大きい。
そしてわかったことその2。
レベルがアップすると、俺の能力値が上昇する。

上がるステータスは攻撃、防御、素早さ、ＨＰ、ＭＰの五つ。

この能力値というのは、俺自身の身体能力と考えてよさそうだ。

攻撃は腕力、防御は攻撃された時にどれくらいダメージを受けるか、そして素早さは俊敏性。

さっき討ち漏らしたオークと戦ってわかったが、レベルが上がる前と比べると、攻撃の威力は明らかに上がっていたし、移動する時の速度も上がっていた。

攻撃を食らっていないから防御の方はわからないけど、恐らく攻撃や素早さと同様上がっているのだろう。

当たり前だが比較対象はいないので、俺のステータスの値が高いのかどうかはわからない。きっとジェインなんかと比べれば、はるかに低いんだろうな。

だがこの『レベルアップ』によるステータス上昇効果があれば……俺はレベルさえ上げれば、強くなることができる。

いったいレベルがどこまで上がるかはわからないが、例えば１００や２００まで上がれば、ジェインだって追い越せるような超人的な身体能力が手に入るかもしれない。

それに……俺が強くなれると実感できた理由は、ステータスの上昇だけにとどまらない。

「まさか俺がこうやって、魔法が使えるようになるなんて……」

目の前にふよふよと浮かんでいる光の球。これはライトと呼ばれる、初級光魔法だ。

以前ナルに、出すまでのやり方は教わっていたのだが、実際に使えたのはこれが初めてだ。

だって俺には、魔力がなかったから。

魔力がない人間は、魔法は使えない。

それは三歳児でも知っているこの世の真理というやつだ。

けど今の俺は、レベルが上がったことによってＭＰが１になった。そしてＭＰが手に入ったおかげで、ライトの魔法を使うことができた。

０と１はまったく違う。魔法使いと非魔法使いを隔てる分厚い壁を、俺はこの『レベルアップ』で乗り越えたのだ。

俺は……まだＭＰが１しかないとはいえ、これで魔法使いになれたのである。

このあたりはいまいちピンとこない。

とにかく、こうして俺は自分のスキルで新しい力を使うことができるようになった。

この力があれば……ソロでは厳しいかと思っていた冒険者生活も、案外なんとかなるかもしれない。

というか、レベルが上がった時の音とか天声とか、いきなり始まる回復とかは……あんまり人に見聞きされたくはないかな。

そもそもあの音が俺以外に聞こえるのかも謎だが、もし聞こえたらめっちゃ不気味がられるだろうし、手の内を明かすことになってしまう。

自分が何のスキルを持っているかは、基本信じられる奴ら以外には隠しておくものだ。

俺のスキルは音とか光とか色々と派手だし、浮かび上がったステータスとかを見られたら俺の力はモロバレになるし……信頼できる仲間ができるまでは、ソロで行こう。

今はとにかく……色々と試してみるべきだな、うん。

まずはオークを狩って、レベルを上げていってみようか。

◇
◆
◇

チェンバーが抜けたことによる、『暁』の欠員の補充。

さほど実力が高くなかったチェンバーの穴埋めをすることなど簡単だと、たかを括《くく》っていたマーサとナルだったが、事態はなかなか二人が思い描いていたようには進んでいなかった。

アングレイの街の冒険者ギルド。その出口付近で、マーサと一人の冒険者が向かい合っている。

「あんたも追放よ！　スキルだけは有能だったけど、うちのパーティーでやってくには力不足！」

女魔法使いマーサは、それだけ言うとしっしっと蠅《はえ》を追い払うように手を振った。

「……」

邪険にされた冒険者は、苦労を滲《にじ》ませた小皺《こじわ》の多い顔を歪《ゆが》め、マーサを睨《にら》みつける。

彼は何も言わず、鞘《さや》に入った剣の柄に手をかけるが……。

「何、やる気？　やるなら本気で殺すけど」

杖《つえ》を掲《かか》げ、睨み返すマーサを見て、その手をパッと剣から離す。

「わかった、何も言わんさ。自分の力不足は痛感したからな……」

彼は本気を出せばどちらの方が強いか、何度か共闘した際の経験でわかっている。喧嘩《けんか》は負け損となる冒険者稼業をしているから、虎の尾を踏まないことの重要さもよく理解している。

「ただまあ、老婆心から忠告をさせてもらうが、あんたたちが納得できるような奴がこのアングレイにいるとは思えんがね……」

男はそれだけ言うと、両手を上げて敵意がないことを示しながら、ギルドを出て行った。

その様子を、ナルは少し離れたところから見ていた。

そして隣にいるジェインを見ながら、その手を頬に当てる。

「またダメでしたね……」

「マーサたちの目が厳しすぎるんじゃないか？　別にベッコだってそこまで弱いわけじゃ……」

「ダメよ！　私たちが大したこともない奴と組むのは、人類にとっての損失だわ！　四人のパーティーに慣れてるんだから、四人目はしっかりと選ばないと！」

『暁』の四人目のメンバー集めは……難航していた。

強力なスキルを持つ三人のお眼鏡……というか、マーサとナルがこいつならいいと思えるような人材が、まったくいなかったのがその原因だ。

チェンバーが去ってからこれで三人目の追放である。

以前よりもずっと強力な前衛としての力を手に入れたジェインではあったが、やはり前衛が一人に後衛が二人という構成はどうしても戦いづらさが勝ってしまっていた。

そのため四人目のメンバーの補充は急務なのだが……。

（パーティーメンバーの候補と二人が、なかなか上手《うま》くやっていけないんだよな……）

ジェインが頭を抱えているのは、マーサとナルがあまりにも融通が利《き》かないのが原因だ。

彼女たちは仲間には甘くなるジェインのひいき目を通しても、少々増上慢《ぞうじょうまん》になっているところがあった。

元々こういう性格だったのかもしれない。

きっとスキルを手に入れたせいで、それに拍車がかかったのだろう。

外見は魅力的で、そして女性としても決して嫌いではなかったが……最近ジェインの考えは変わりつつあった。

彼女たちを異性ではなく、あくまでもパーティーメンバーとして見るようになってきている。

見方が好意的なものから、事務的なものへと変わりつつあった。

けれど自分たちが才能に満《み》ち溢《あふ》れていると確信している二人は、そんなジェインの変心にもまったく気付く様子はない。

強力でレアなスキルを手に入れたことで、自分は天才だということを改めて理解したのだろう。

自分たちが選ばれた人間だと疑わない二人は、以前にも増して誰かのことを知ろうとしたり、協調するための努力をしなくなっている。

今マーサが追い出したベッコだって、前衛としての経験は十年を超えている、脂が乗った三十代前半のベテランだ。

（パーティーに加入させるかどうかは抜きにしたって、色々と教わるところがあるだろうに）

まだ十五歳という、大人と子供の境の人間に、いきなり新たな才能を渡す。

そのせいで人生を壊してしまう人間や、ダメになってしまう人間、性格が変わってしまう人間も多い。

（いったい神様は、何のためにこんなシステムを作ったんだろう）

こんなことになるのなら『天授の儀』なんてなければよかったのに。

ジェインはそう思わずにはいられなかった。

「次よ次、もっと強力な仲間を探しましょう！」

「仲良くできる人が見つかるといいですねぇ」

マーサとナルは、まだまだ新たな仲間を探すのに意欲的なようだ。

だが実のところ、ジェインはそこまでして自分たちに見合う仲間を探す必要があるのか、疑問に思っていた。

そもそもの話、見合うかどうかなどと考えること自体が、あまりにも傲慢だ。

たとえ今は実力が追いついていなくたって、将来もずっと力不足のままとは限らないではないか。

マーサとナルが新メンバーの補充に躍起になっている様子を見る度に、ジェインは思い出すのだ。

故郷を出て都会に来てからずっと自分の隣にいてくれた、『暁』の元メンバーである男の背中を……。

ジェインは物心がついてからずっと、代わり映えのない毎日の繰り返しに退屈していた。

そんな日々に嫌気が差し、両親の反対を押し切って村を出たのは、彼が十二歳になった時のこと。

「僕は世界一の冒険者になる！」

今にして思えば、あまりにも後先を考えない、幼さ故の行動だった。

剣の腕に自信があったジェインは、成り上がるために剣を片手に都会にやってきた。

彼は娯楽の少ない田舎《いなか》で伝え聞いた冒険者という職に憧《あこが》れを抱いていた。弱きを助け強きを挫《くじ》く、夢にまで見た冒険者になりたいと強く思っていた。

幸運なことに、ジェインには誰にも負けぬ剣の才能があった。

都会に出れば、自分の非才さに気付き、高い壁に自信をたたき折られる。そんな世間一般の常識は、天才のジェインには当てはまらなかったのだ。

けれど彼は己の最たる幸運は、天賦の剣の才ではなかったと思っている。

彼が幸いだと思っていたのは、都会にやってきてすぐ、同い年の少年と出会ったことだった。

「俺はチェンバー……将来世界一の冒険者になる男だから、覚えておいて損はないぜ」

彼の名は、チェンバーというらしい。何の変哲もない少年だった。

特別に秀でた才能もなければ、何か特異な力があるわけでもない。

魔法が使えるわけでもなければ、剣の才能があるわけでもない。

自分より少し早く冒険者になっているというのにうだつが上がらず、何度戦ってもその度にジェインが圧勝していた。

だが彼はそれでも、自分の言を翻《ひるがえ》さなかった。

愚直に努力し、それでも届かない。だからそこに更に努力を重ねる。

だというのに大して努力もしていなかったジェインに敗れる程度の力しか身についてはおらず……。

やはりどう考えても、戦いを生業にするのが向いてないようにしか思えない。

そんな傍《はた》から見れば意味のないことを続けているようにも思えるチェンバーを、ジェインは不思議に思った。

報われないとわかっていて頑張るのは、あまりにも辛《つら》いことだ。

チェンバーは来る日も来る日もジェインに挑み、その度に負ける。

「どうしてそんなに頑張るんだい？」

その日もまた、チェンバーは有効打の一つも与えられぬまま、ジェインに完敗した。

ふとした出来心で尋ねたジェイン。

ボロボロになったチェンバーは、こう答えた。

「世界一になるには、世界で一番頑張らなくちゃいけないから」

「頑張っても報われないことだってある」

「それでも、報われなくたってやるんだよ」

「……どうしてそこまで、頑張ろうとするんだい？」

「――俺がやるって決めたから。だから最後までやってやって、やりきって、後のことはそれから考えるんだ」

チェンバーは何があっても、決して折れない。

たとえジェインが圧倒的な力でねじ伏せたとしても、次の日にはケロッとした顔で再戦を申し込んでくる。

効率は悪いかもしれない。才能はないかもしれない。

けれど彼はいつだって真剣で、誰よりもひたむきだった。

そんなチェンバーを見ているうち、ジェインはこう思うようになった。

（才能に胡座《あぐら》を掻《か》いているだけの僕より、チェンバーの方がずっと強い人間だ）

チェンバーはジェインが憧れていた強さを持つ男だった。

真《ま》っ直《す》ぐで、信念を持った、心の強さ。

それは今の自分にはないもので。

それ故にジェインは、チェンバーに惹《ひ》かれた。

「世界一の冒険者になるのは、僕だ」

「いいや、俺だね」

「それじゃあ……競争だね」

「ああ、競争だ」

互いに拳《こぶし》を合わせ、笑い合う。

ジェインがチェンバーという人間に憧れを持つようになったのは、その瞬間だった。

それからジェインは、努力をするようになった。

誰より頑張る彼の背中をすぐ側で見ているうち、サボろうとする弱い自分を許せなくなっていたからだ。

ジェインの剣の冴《さ》えはとどまるところを知らず、魔法も使えるようになり、メキメキと頭角を現していく。

ジェインの才能に惚《ほ》れた人たちが彼の下を訪れるようになり、新たにマーサとナルがパーティーに加わることになった。

一方でチェンバーも強くはなったが、その上がり幅はジェインと比べれば微々たるもの。パーティーメンバーでさえ、チェンバーを軽んじることが増えていった。

けれどそれでもジェインは、チェンバーのことをライバルだと思っていた。

そしてチェンバーもジェインのことを、ライバルだと認めていた。

二人はライバルであり、支え合う仲間であり——かけがえのない親友だった。

何度も夢を語り明かし、バカをやって、吐くまで酒を飲んだあの思い出が、ジェインには、今では何よりも大切なものに思えていた。

失って初めて、その大切さに気付く。

チェンバーとは、そういう類《たぐ》いの縁の下の力持ちだったのだ。

実力はたしかに足りてはいなかったかもしれない。

身体を張らなくては、パーティーメンバーとしての役目を果たせなかったかもしれない。

けれどチェンバーは、自分にできることをしっかりと認識し、そしてやり遂げられる男だった。

そして彼はマーサとナルと上手くやっていけた、ただ一人のメンバーでもあった。

チェンバーを手放したのは、つくづく惜しい。

(今からでも戻ってきてはくれないだろうか)

ジェインは最近、そんな風に考えることが多くなった。

もちろん、腹の中の考えはマーサたちには言わない。

彼女たちは別れてからというもの、チェンバーについて否定的な意見ばかり言っていた。

今提案しても、再加入を聞き入れるはずがない。

（今は三人で、行けるところまで行くしかない、か……）

ジェインは自分ならば、二人と上手くやっていけるという自信がある。

であるなら今するべきは、とにかく前を向くこと。

過去ではなく未来を見据《みす》え、『暁』をSランクパーティーへと押し上げることが、何よりも大切だ。

（けれどもし……僕とチェンバーの道が、再び重なることがあるのなら）

それは極小の可能性だ。

外れスキルを授かったチェンバーが、強力なスキルをもらっているジェインたちと渡り合えるほどの実力を得る可能性は極めて低い。

普通に考えれば、次に会った時には更に大きな差が開いているのが自然だ。

けれどジェインは、己の友のことを信じていた。

それは愚かな考えかもしれない。

だが人間は、ずっと利口でいるだけでは疲れてしまう。

少しくらい愚かだって、罰は当たらないはずだ。

（その時は——またもう一度共に戦おう、チェンバー）

こうしてジェインは再び前を向く。

彼は未来のために、今を懸命に歩いていく――。

◇◆◇

俺がホームに選んだのは、ランブルという街だ。

アングレイからほどほどに離れていて、治める領主も違う。

街の規模はアングレイと比べたら少し小さいけど、こぢんまりしている分アットホームな雰囲気がある。

「お疲れ様です、チェインバーさん！」

「いや、俺チェンバーだから。はいこれ」

受付のニャッコは、ぴょこんとした猫耳の生《は》えた獣人の女の子だ。

こんな猫っぽい名前なのに、猫扱いするとすぐに怒る。

なんでも彼女は虎の獣人らしいので、我慢ならないらしい。

文化的な違いというやつだろう。

討伐証明として、オークの魔石を渡す。

魔石とは、魔物の魔力が体内で結晶化したものだ。

学者が説明するところでは、魔石を持つのが魔物で、魔石がないなら動物という風に分類されるらしい。

既に余ったオークの肉は肉屋に卸しているので、ギルドに渡すのは魔石だけだ。

魔石の数は、合わせて八個だ。ちょっと張り切りすぎた気がしないでもない。

オークを倒せば、食料は現地調達できる。

食料の問題はないのだからもう一匹、もう少しでレベルが上がるかもしれないから次が最後……と粘っているうちに、丸二日以上の時間が経過してしまっていた。

「ソロで八匹は、結構すごいですよっ！」

結構すごい、というのがちょっとリアルだ。

冒険者界隈《かいわい》全体で見ればマシな方だが、まだまだ上はいる。どうやら受付目線だと、それなりに評価されているらしい。

「ありがとう。まあ無理しない程度に頑張るよ」

「そうです、冒険者は身体が資本ですから。下手なことをして死んだら終わりですし。ソロの野営は無謀すぎるので、パーティーを組まないのなら日帰りをおすすめしますよ」

「アドバイス助かる、じゃあな」

報酬を袋に入れ、ギルドを後にする。

ざっと中を確認してみたが、これだけあれば、贅沢《ぜいたく》しなければ一週間くらいなら暮らせそうだ。

けど装備の更新をするには少し……いやかなり足りないな。

自分でも直そうとは思ってるんだが、俺は大剣の使い方が結構荒い。

大剣使いっていうのはどうしても防御も大剣でするので、刃の減りが早いのだ。

けれどこの稼ぎ具合だと前みたくバシバシ剣を買い直すのはキツそうだ。

今後も武器を変えないんなら、少し戦い方を考える必要があるかもしれない。


あまり無駄金を使っている余裕はないが、今日ばかりはさすがに個室の宿屋を使わせてもらうことにした。

色々と確認しなくちゃいけないこともあるからな。

部屋を借り、ベッドへ飛び込み、そして天井《てんじょう》を見上げる。

「ステータス」

そう呟くと、レベルが上がった時に現れたあの光の板が現れる。

結局二日間頑張ってオークを狩ったおかげで、レベルは3に上がっていた。

現状は、こんな感じだ。

ステータス

チェンバー　レベル3

HP　58／58
MP　1／1
攻撃　14
防御　17
素早さ　8

魔法
ライト

今回はHPが5も上がってくれた。

HPは上がっても、いまいち実感がしづらい。

今後余裕が出てきたら、ダメージを受けて実験してみる必要があるな。

レベルが上がって一番効果が実感できたのは、素早さの上昇に伴う移動スピードの上がり具合である。

レベルが上がる前の俺の素早さが6で、今は8。

要は約三割り増しになってるわけだ。

前と比べたら五割以上上がっている計算になる。

さすがにそこまで上がると、明らかに速度が違った。

身体が以前より、ずっと機敏に動くようになったのだ。

攻撃も、レベルが２の頃よりも更に向上している。

一応数値的にはざっくり倍くらいにはなってるんだが、俺の腕力が倍の強さになったかと言われると、そんなことはない。

数値そのまま腕力が二倍に……とはいかないみたいだ。

それでも剣を振るうことは、ずいぶんと楽になった。

今までは鉄の塊を遮二無二振るってる感じだったが、今は振り下ろしても途中でピタッと静止させることも、割と余裕でできる。

鋼鉄製の大剣を、稽古用の木剣くらい軽々と振り回せるようになった感じかな。

レベル３でここまで変わってくるとなると……果たしてもっとレベルを上げたらどうなってしまうのか。

ワクワクしてくるな。

溢れる期待に胸を膨《ふく》らませながら、俺は眠りについた……。

◇◆◇

大剣が、自分の身体の一部になったようだった。今までは鈍器のように振り回すだけだった大剣を、意のままに操ることができる。

オーク目掛け、剣を振る。カウンター気味に、隙を見て即座に放った一撃に反応できず、オークは横《よこ》っ面《つら》を思い切り叩《たた》かれた。

「プギイイイイッ！」

オークはそのまま崩れ落ち、ズタズタにされた顔面を押さえながら転げ回る。

地面に倒れてもがいているその顔面に剣を突き立てる。切っ先が鼻を裂いて内側までめり込むと、オークはそのまま沈黙し、動きを止めた。

手に持った小型のナイフで魔石をほじくる俺の眉間《みけん》にしわが寄っているのが、自分でもわかる。

稼ぎとしては悪くないんだが……思っていたのと、少し様子が違う。

（おかしい……レベルアップする気配がないぞ）

次の日、十四目のオークを倒しても一向にレベルアップが訪れる気配がなかった。

レベルが上がる前よりも、そしてレベルが上がった自分の身体の動きに慣れる前よりも、今は身体がずっとスムーズに動いている。

だからまだ日も落ちていない時間なのに、既に十四目を倒せているわけだが……これはどういうことだろう。

とりあえずオーク狩りを切り上げ、ギルドへ帰ることにした。

「今日は一日で帰って来られましたね、偉い偉い」

人を子供か何かだと思っているらしいニャッコに頭を撫でられてから、報酬を手に再び宿へ。

誰にも邪魔されずに考えられるように、今日も借りるのは一人部屋だ。

買ってきた飯を腹に入れて、少し落ち着く。

レベルが変わらないままの原因をいくつか考えた。

そしてこれだろうという推測にも辿《たど》り着《つ》いている。

（レベルアップは……しづらくなるんだ）

レベルアップが起きない正確な理由まではわからない。

けれど常識的に考えると、やはり基本的に、レベルというものはだんだん上がりづらくなっていく方が、自然なように思える。

だってまったく同じペースでレベルが上がり続ければ、あまりにも簡単に強くなりすぎちゃうし。

レベルが上がらなくなった理由として、俺が思いついたのは三つ。
1　同じ魔物を狩り続けると、レベルが上がりづらくなる。

2　自分の経験になるような強い魔物と戦わない限り、レベルは上がりづらくなる。
3　そもそもレベルというのは、上がりづらくなるもの。

この中のどれかが、多分正解だと思う。

できれば1だとありがたい。

それならゴブリンとかスライムとか、戦う魔物の種類を変えれば問題なくレベルを上げていけるはずだし。

2を思いついたのは、最初の頃にオークを相手に割と苦戦していた記憶がはっきりと残っているからだ。

戦闘時間も結構長かったし、ひやひやする場面が何度もあった。

オークは久しぶりにソロで戦う俺にとっては、決して油断できない相手だったからな。

今の俺が強くなるためには、この『レベルアップ』のスキルを可能な限り有効活用し、しゃぶり尽くさなくてはならない。

一応金になって食費も浮くから、明日もオークを狩るのは継続の方向で。

まあそこまで切羽詰まっているわけじゃない。

金を稼ぎながら、気楽にいこう。

第二章　もう一つの追放劇

「うーん……微妙だな……」

ギルドが出すクエストは、クエストボードと呼ばれる横長の板に貼り付けられていく。

基本的には早い者勝ちで、ボード近くで待機している奴《やつ》らが、割のいい依頼を持っていってしまう。

俺はかなり寝起きが悪く、朝に弱い。

なので依頼が貼られてからしばらく経《た》ってからしか、ギルドに行けない。

必然、俺に残っているのは皆が選ばなかった美味《おい》しくもないクエストばかりだ。

こんなものを受けるのなら、常注を受けた方がマシだろう。

クエストにはいくつかの種類がある。

俺がソロになってから受けているのは、常注と呼ばれる、ギルドが常に受け付けているクエストがほとんどだった。

というか、これ以外選択肢がないだけなんだけどさ。

戦える力があるのに、今更荷運びとかをやるのもな……って感じだし。

「ニャッコ、なんか美味しい常注ないか？」

「知ってますか、チェンバーさん。常注を美味しくしたら、ギルドが大損こいちゃうんですよ？」

「そんなかわいそうな子を見る目で見なくても知ってるよ！」

「フッフッフ……でも実は今、ちょっとホットな情報がありましてね」

ものすごく仕事のできる人間感を出しながら、ニャッコは俺に告げた。

「どうやらゴブリンの数が増えてるらしくて。今なら討伐でもらえる報酬が、二匹ごとに銅貨一枚上乗《うわの》せされますよ」

「じ、地味な上乗せだな……」

そこは一匹で一枚にした方が計算とかもやりやすいだろうに。

ちなみに端数は切り捨てるらしい。

汚いな、さすがギルド汚い。

俺がニャッコと下らないやり取りをしていても、別に周囲から舌打ちとかは聞こえてこない。

そもそも俺らが暮らす王国では、獣人の立場は弱い。

なのでどれだけかわいくとも、獣耳がついているというだけで、一部の物好きくらいしか付き合いたいとは思わないのだ。

もったいないよな、猫耳かわいいのに。

「あー、また猫って言った！　私は虎です！　気高《けだか》き虎です！」

「どうどう」

怒るニャッコをなだめてから、最近ゴブリンが増えているらしい地域の場所を聞いておく。

レベルを上げるためにも、大量に魔物を倒しておいて損はない……はずだしな。

ギルドを後にしようとした、その時。

聞いたことがない声で、つい先日聞いたばかりの単語が聞こえてきた。

「お前を――パーティーから追放する！」

追放という言葉に、思わず立ち止まってしまった。

どうやらここにも、俺と同じようにパーティーを追い出される人間がいるらしい。

役立たずの人間をパーティーから追い出すのは、間違ってはいない。

ただ別れるにしても、やり方っていうものがある。

追放して遺恨が残るようなやり方じゃなくてさ。もっと両者が納得した上でパーティーメンバーを入れ替えたりする方が、お互いにとってもいいと思うんだよ。

自分が円満とは言いがたい方法で追放されたからこそ、そんな風に思うのだ。

ドアノブから手を放し、振り返る。

そこにいたのは、四人組のパーティーだった。

数は男が二人で、女も二人。

その構成が『暁』と同じせいか、何故《なぜ》だかずきんと胸が痛んだ。

「もう限界よ！　あんたのスキルがこんなに使えないなんて思ってなかったわ！」

「俺のスキルも別にそこまで強くはないが……ちょっとさすがに、な……」

「もっといい場所があるでしょ、じゃあね」

「え、あ、ちょっと待っ――」

ただ俺の時とは違い、追放されようとしているのは女性だった。

男二人と女一人は、そのまま彼女を振り向くことなく歩き出す。

残された女の子はほんの少し手を伸ばし……空中でその手を止めた。

まるで、自分が足手まといになるとわかって、縋《すが》るのを踏みとどまったように見えた。

そんな姿まで、どこかの誰かさんと重なる。

三人組は、ドアの前で立っている俺の方へと歩いてくる。

彼らの顔を見て、あの少女に、俺と違う点を見つけてしまう。

追放されたあの女の子には……俺にとってのジェインのような、仲が良かった奴がいないのかもしれない。

三人とも、彼女を追放したことに何の抵抗もないような様子なのだ。

むしろせいせいしたと、清々《すがすが》しい顔をしているように見える。

「あの子を、追放するのか？」

「ん？　……ああ、そうだよ。いくらなんでもあんな外れスキルじゃあ、一緒に冒険もできない」

「『神託』スキルって聞いた時は大当たりだと思ったんだけどねぇ……」

「クソどうでもいい情報しかよこさないんだよ、あいつのスキルは」

あの女の子も、俺と同じで外れスキル持ちだったたってことか。

有用そうなスキルと思ったから一緒に組んだが……使えないとわかったら即ポイってわけか。

救いのない、悲しい話だ。

笑えねぇな、まったく面白くもない。

「もしよければ、あんたが面倒見てあげたら？　ほらあの子、実力はないけど顔はかわいいし」

「……」

追放された女の子は、泣きそうな顔をしていた。

けれど怒ったり、必死になって追いすがろうとはしていなかった。

こちらの話し声は、果たして聞こえているだろうか。

聞こえてないといいな、と思った。

俺が横にズレると、三人はギルドを後にする。

後にはぽつんと残された女の子と俺、そしてまばらにいる冒険者たちがいるのみ。

誰も彼女と話をしようとはしていなかった。

冒険者としては正しい判断だ。

使えないとわかっている冒険者と組んでも、自分の死期を早めるだけだからな。

けど俺は、チェンバーという人間は、冒険者である前に……一人の人間だった。

自分と似た境遇に落とされた人を見て、そのまま見て見ぬフリを決め込むような真似《まね》はできない。

しかも実は有用だった俺のスキルとは違って、彼女のスキルは既に使えないことが判明しているらしいし……今後のことを考えると、色々とつらかったりもするだろう。

（……ま、まあもしかしたらその『神託』スキルとかいうやつが実は特定の状況下ではものすごい効果を発揮するようなものかもしれないし？　もしかしたら途中で覚醒したりする可能性だって、ゼロじゃないし？）

俺は見捨てる理由ではなく、話しかける理由を必死に見つけ……彼女の方へと歩き出した。

そして彼女が下ろしていた手をそっと摑《つか》んで、なるべく相手の心を傷つけないように気を付けて口を開く。

「俺も君と同じで、追放された口なんだ。もしよければ、話聞くよ」

◇◆◇

ひゅーひゅーと周囲にいる人間からはやされながらも、俺はギルドに併設されている食堂で彼女と話をすることにした。

けれど皆今日の飯を食うことに必死なので、俺らから仕事へと意識を切り替えたようで、好奇の視線はすぐに消えた。

そういうところだけ妙にプロを感じさせるのが、いかにも冒険者らしい。

「あ、あの、ありがとうございます……ずっとあの場所にいたら、泣いちゃってたかもしれません……」

元メンバーの女が言っていた通り、たしかに見た目はかなりかわいらしい。

着ているのは青と白の……修道服だろうか？

にしては少しデザイン性が高すぎる気もするけど。

となると彼女はプリースト——回復魔法や魔除《まよ》けの魔法なんかを使う僧侶っぽいな。

『神託』との相性は、なかなかに悪くなさそうだけど。

「いや、あそこで見過ごしてたら、寝覚めが悪いから。悪いな、俺が話しかけたせいで妙に目立っちゃって」

「いえ……」

俯《うつむ》く彼女は、目を赤く腫らしていた。

泣いてこそいないが、涙腺はもう決壊寸前だ。

まずいな……俺は女の子の涙は、苦手なんだよ。

得意だという男に会ったことはないけど。

「俺はチェンバー、君は？」

「アイルと申します……一応Dランク冒険者です」

「俺は一応Cだったけど、今はソロになったから実際の実力はDくらいだ」

「それを言ったら追放された今の私なんて、Eランクかもしれません……」

女の子にありがちな、何を言ってもとにかく悲観的に考える時期ってのがあるだろ？

今の彼女は、まさにそれらしい。

こういう時は下手に起こったことについて考える時間を与えないよう、これからに目を向けさせてやるのがいい。

「でもプリーストなら他のパーティーから勧誘があるさ。俺みたいなタンクは、欠員補充で雇われるくらいしかないし」

「私……回復魔法は使えますけど、レッサーヒールだけですよ。それならポーションで賄《まかな》えますし、ちょっとした節約くらいにしかなりません。報酬を頭割りにして、ポーションを使った方が安上がりなこともあったくらいですし……」

ポーションとヒーラー、どっちが大切か問題ってやつだな。

ポーションを買えば、少々高くつくが戦士も魔法使いも回復手段を持てる。

ヒーラーがいれば回復魔法を使えばいいため、その分の金は浮くが、人件費がかかる。

どっちを選ぶかは、割とパーティーごとの好みだ。

どうやら彼女がいたパーティーは、前者だったようだな。

ちなみに俺のいた『暁』は後者だ。

前衛に即座に回復を飛ばせるヒーラーがいれば、多少傷を負ってでも全力で相手を潰しにいけるからな。

『暁』は戦闘中の選択肢を減らしてしまわぬように、ナルを外すなんて考えもしなかった。

「でも魔法は使えば使うほど威力とか効力が増していくって話じゃないか。いつかはハイヒールとかも使えるようになるんじゃないか？」

「プリーストでヒールが使える人間は全体の半分もいません。更に言えば、ハイヒールを使える人間はその半分もいません。プリーストっていうのは一流になるのが難しいんです」

「ああ、それは俺も知ってる。前のパーティーにプリーストがいたからな」

プリーストというのは、なかなか一流の冒険者にはなりづらい。

回復魔法や結界魔法を使うことのできる光魔法の才能を持つ人材がそもそも少ない。

だというのに戦場においては、プリーストは真っ先に狙われる。

誰だって相手に好き勝手回復されるのが嫌だから、回復ソースを真っ先に潰しに来るからな。

当然っちゃ当然の話だ。

そのせいでプリーストは前線に出さずに後方支援に徹した方がいいという考え方は、未《いま》だに根強い。

　こうして冒険者になろうとする野良の僧侶さんは滅多にいないのだ。

　そして稀《まれ》にいるアイルのような子も、別にポーションに頼ればいいし、と割と軽視されがちなのが現実である。

「これからどうするんだ？」

「どうしましょう……ふふっ、どうするのがいいと思います？」

　やけっぱちになっているのか、暗い笑みを浮かべるアイル。

　何をしても暗くなる時は……することは決まってるよな。

「ちょっと待ってな」

「え……チェンバーさん？」

　一度席を離れ、数分後に戻る。

　俺の両手には、なみなみエールの注《そそ》がれたジョッキが握られていた。

「ほれ、成人したなら酒も飲めるだろ。嫌なことがあった時は、酒を飲んで忘れちまえ」

「ええ、でも……プリーストの飲酒は推奨されてませんよ」

「プリーストの前に、一人の人間だろ。まあ無理強《むりじ》いはしない、それなら俺が二杯飲むさ」

　とりあえず、クッと一息に呷《あお》る。

　中身が半分くらいになって、すぐにふわふわとした気分になってくる。

別に俺は酒に強いタイプじゃない。

二杯を飲み干せるかどうかは、正直微妙なラインだった。

ジョッキをテーブルに置き、アイルの顔を見る。

すると俺も少しだけ冷静になった。

俺は突き放された彼女を見て、なんとなく自分と重ねてしまい、手を差し伸べた。

だがそもそもの話……俺はアイルをどうしたいんだろう？

何も決めずに、とりあえず話だけ聞いているだけでも彼女の気が少しは楽になるかもしれないが……それじゃあ根本的な問題の解決にはならない。

そうだな……と少し考えてみる。

助けたい……うん、その言葉が一番しっくりくる気がする。

俺は追い詰められている状態のアイルを、助けてやりたいのだ。

今はこれからのことを考えられるくらいに、彼女の心にゆとりを持たせてやりたい。

そのためにできることは、いったいなんだろう。

女の子がされて嬉《うれ》しいこと……ってなると、マーサとナルを参考にすれば、話を聞いてあげることだよな。

だったらやっぱり、しっかりと彼女の話に耳を傾《かたむ》けることにしようか。

「アイルの『神託』ってスキルは、どんなスキルなんだ？」

「えっと……言わなくちゃダメですか？」

「いや、別に無理して言う必要はないぞ」

「じゃあ私から質問です。そもそも『神託』って聞いたら、どんなスキルを想像しますか？」

そりゃ言葉から考えれば、神からのお告げがもらえるってスキルだろ。

ありがたいお言葉が降ってきたり、心の中に浮かんできたりするんじゃないのか？

「いえ、まあ当たらずといえども遠からずなんですが……本当にどうでもいいことばっかりが、ふと思い浮かぶんです。しかも脳内に浮かんだら、自動で口から発せられてしまって。我慢もできないので、ひどい時は戦闘中に『神託』が発動して、それを言い終えるまで回復魔法が唱えられなかったりとか……」

「それは……たしかに冒険者にとっては、外れスキルかもな」

別に誰かが明確な指標を出しているわけではないが、スキルには明らかに格の違いがある。

例えば『剣術』スキルを手に入れた人間三人が模擬戦をするとしよう。

するとその実力には、割とバラツキが出たりする。

もしかしたら『神託』も、ガチの未来予知ができるような超有能なものから、アイルのような割といらない情報しか出てこないようなものまで、ピンからキリまであるタイプのスキルなのかもしれないな。

「でもどうでもいい神託って、どんなものなんだ？」

「本当にバラツキがあって、一言でこれって言い表せないかもしれないです。ただ頻度《ひんど》は一日一度で、基本的に一番近くにいる人についてのことが多いですかね」

「今日はもう出た？」

「まだですね。ちなみに昨日の予言は、『私に転機が訪れる』でした。これは大分マシな方です。まあ……転機は転機でも、悪い方のでしたけどね」

「ふぅん、でもバラツキがあるってことは、もっとひどいパターンもあるのか？」

「はい、直近で出たものだと、買おうとする野菜の鮮度が思っていたよりも低いとか、鼻毛がいつもよりちょっと多めに抜けるとかですかね……」

「お、おお、そうか……」

神託の内容を聞いて、ちょっと反応に困った。

野菜が悪くなってるのがわかるとかじゃなくて、鮮度が思ってたより低いとかだと、微妙に実生活でも使えないな。おまけに鼻毛の抜ける量とか、人生で一度も気にしたことがないくらいどうでもいいし。

遠い目をしながら、フッと笑うアイル。

だが肩の力は抜けたようで、さっきより明らかに元気になってきている。

「アイルのここまでの話、聞かせてくれよ」

「……はい、そうですね。私も誰かに聞いてもらった方が、少しは気が休まるかもしれません」

そう言ってアイルは自分の身の上を話し出した――。

◇◆◇

私はそれほど裕福ではない家庭の次女として生まれました。

貧しくもないし裕福でもない……そんなどこにでもある、一般家庭です。

温かくも幸せな毎日が崩れたのは……両親と姉がある日、盗賊に襲われて殺されてしまってからです。

両親は行商人で、私より七つ年上の姉は既に両親の仕事の手伝いをしていました。

当時の私はまだ幼く、仕事の邪魔になってはいけないと商店の店員に預けられていたため、私だけが難を逃れることができました。

いや、難を逃れることができてしまった……という言い方の方が正しいかもしれません。

おかげで私は身寄りのないみなしごになり、孤児院に預けられることになってしまいましたから。

歳《とし》を重ねるうちにまず浮かんできたのは、どうして何の罪も犯していないお父さんとお母さんとお姉ちゃんが、殺されなくてはいけなかったのかという疑問でした。

そして次に、盗賊たちへの恨みで心がいっぱいになりました。

私が冒険者を目指した理由は、とっても単純です。

いつか……私の両親を殺した盗賊を、この手で殺してやりたかったから。

ふふっ、驚きましたか？

今ではプリーストをやっていますが、当時の私の動機はずいぶんと物騒なものですよね。

まあ、あくまでも当時のことですし、ここは若気の至りということで一つ。そもそも、盗賊なんて長く続けられる仕事じゃありません。

どうせ今頃は野垂《のた》れ死んでいるでしょう、私の仇《かたき》も誰かが討ってくれているはずです。

冒険者になろうと決めてからは早かったですよ。

私には光魔法の才能がありましたから、プリーストとしての教育を受けることになりまして。

孤児院と関係の深かった教会に預けられたんですが、そこは主流の聖光《せいこう》教の分派であるアリオス派が運営している場所でした。

私の服、ちょっと変だなと思いませんでしたか？

これは使徒アリオスが元芸術家だったことから、アーティスティックな人たちが集まるようになった結果なんだそうです。

そして光魔法もある程度使えるようになり、冒険者としてギルドに登録。

アンディ……ああ、さっき私を追放すると叫んでた男の人です。

彼に誘われてパーティーに入り、ポーションで代用が利《き》くなんて言われないように、自分なりに頑張ったつもりでした。

でも、でも……ダメでした。

いったい私の何がいけなかったんでしょう。

どうしてスキルで、冒険者としての私の価値が決められてしまうんでしょう。

なんで――。

◇◆◇

「ピコン！　チェンバーの次のレベルアップまでの経験値はあと30です！」

……あ、すみません。

どうやら今回の神託は、たまにあるわけのわからないタイプの奴みたいです。

こういうのもあるんですよ、本当に使えないスキルですよね……これ。

――って、どうしたんですかいきなり、私の肩を摑んで。

え、自分と一緒にパーティーを組んでほしい……？

でも私、使えないプリーストで……それでも構わない？

アイルじゃなくちゃ、ダメなんだ……って。

どうして……どうしてそんなに、優しくしてくれるんですか。

チェンバーさん、弱ってる時にそんなこと言われたら……本気になっちゃいますよ、私。

俺は気が付けば、アイルの肩を強く摑んでいた。

レベルアップまでの経験値——間違いなく彼女はそう言っていた。

経験値とはなんだ。

何故『神託』でレベルアップという言葉が出てくる。

疑問はいくつも浮かんできたが……そんなことはどうでもいい。

今一番大切なのは、俺の今後の冒険者生活のためにはアイルの存在が必要だということだ。

経験値は、レベルアップまでに必要なものを具体的な数値にしたものだろう。

それがわかってるのとわかってないのとじゃ、やる気とか成長効率とかがまったく違ってくるはずだ。

このチャンスを逃してはいけない。

そもそもソロで行くことに限界を感じてもいたし。

同じ追放されたもの同士、傷の舐《な》め合《あ》いじゃないけれど、一緒に行動をしたっていいはずだ。

「俺には君が必要なんだ！」

真《ま》っ直《す》ぐにアイルの目を見つめ、必死に頼み込む。

「え、えっと、その……」

アイルはなんだかどぎまぎして、あっちを向いたりこっちを向いたりと忙《せわ》しない。

彼女は着ている修道服をにぎにぎしながら、ちらっとこちらを向いた。

ほら、見てくれ！

俺のこの曇《くも》りのない眼《め》を！

「はうっ！」

アイルは胸を押さえて倒れそうになる。

俺は急ぎテーブルを回り、彼女を支えるために抱えた。

「はひっ！」

するとアイルはまるで一本の木材のようにピーンと伸びて、それからしなしなと倒れ込んできた。

「どうかな」

顔を寄せて聞いてみると、アイルは目を見開いてから顔を真《ま》っ赤《か》にして、ぷいっとそらす。

そして小さな声で、

「よ、よろしくお願いします……」

と呟《つぶや》いた。

◇◆◇

次の日。


早速パーティーを組んだ俺たちは、草原にやってきていた。

道中、俺のスキル『レベルアップ』についての説明を行った。

そして俺のレベルアップの状況を知るために、アイルの『神託』スキルが必要不可欠なんだと懇切丁寧に説明した。

だが何故か、俺が力を入れて説明すればするほど、彼女のテンションは下がっていった。

いったいどうしてだろう……相変わらず女の子の心というのは理解するのが難しい。

君が必要なんだという言葉がいけなかったんだろうか。

「はぁ、まあなんとなくそんな気はしていましたけど……」

俺を恨みがましい目で見てくるアイルから視線を外し、魔物を探すのに意識を集中する。

探索してしばらくすると、ゴブリンたちの姿が見えてきた。

ゴブリンは盾を持っているわけでもなく、手にしているのは粗末な石斧《せきふ》だけ。

まともな防御手段がないのだから、大剣の一撃を食らって平気でいられるわけがない。

おまけにゴブリン自体、それほど高度な技が使えるわけでもない。

まず石斧の一撃を受け流し、その後の隙《すき》を見て突きを放つ。

その行程を三回繰り返すだけで、ゴブリンたちは全滅した。

「……とまあ、俺の実力はこんな感じだな」

「十分すぎるほどに強いと思いますけど……」

「まあゴブリンやオークを倒すくらいなら、問題はないよ。けどオーガと戦えばどうしても怪我《けが》はするだろうし、当たりどころが悪ければやられかねない。今の実力はあくまでもそこそこって感じだ」

「なるほど、で、それを解決するものこそが、さっき説明してくれた『レベルアップ』スキルってことですか」

「そうなるな」

男として生まれた以上、強くなりたいという思いはもちろんある。

けれど今はそういった元々持っていた強さへの渇望とは比較にならないくらい、激しく強くなりたいと思っている。

それはきっと——ジェインとこれ以上離されたくないから。

できれば前みたく、またあいつの隣で……いや、違う。

あいつを追い越すことができるくらい、強くなりたいんだ。

ただ戦って日々の糧を得ているだけじゃ、ジェインには追いつけない。

あいつ以上のペースで強くなるためには、この『レベルアップ』をしっかりと使いこなさなくちゃいけないんだ。

友達に見栄《みえ》を張りたい、男心ってやつなのかもしれない。

だから全然、笑ってくれていいんだぜ。

「いえ、笑いませんよ。そんな友達がいて、チェンバーさんがうらやましいです」

「ありがとう、あいつに出会えたことは、たしかに俺の一番の幸運かもしれないな」

「私、友達全然いませんから……友達だと思ってた人たちには、追放されちゃいましたし……えへへっ……」

笑っているアイルの顔は、どこか寂しげだった。

無理して笑みを浮かべてるのが丸わかりだ。

大剣を地面に置いて、そっと彼女の頭を撫《な》でてやる。

そしてそのまま手を、彼女にさしだした。

「友達がいないなら、作ればいい。今日から俺たち、友達になろうぜ！」

「あ……ふ、ふつつか者ですが、よろしくお願いしますっ！」

こうして俺はパーティーメンバーと友達をいっぺんに手に入れてしまった。

待ってろよ、ジェイン。

スロースターターかもしれないけど……俺は絶対、お前に追いついてやるからな。

「アイル、俺たちは——ズッ友だ！」

「友人ランクアップ、早くないですか⁉」

◇◆◇

「あんたもダメ、追放よ――」

マーサの言葉に、また一人の冒険者が『暁』を去っていく。

彼女たちが追い出したのは、チェンバーを追放してから既に五人目だ。

相当なペースで追放を続けているのは、マーサたちの要求値があまりに高すぎるためなのは言うまでもない。

だがそもそもの話、『火魔法（極）』と『神聖魔法』と『勇者』に並ぶスキルか技術を持つ人間が、果たしてソロのままいるなんてことがありえるのか。

よしんばいたとして、明らかにマーサとナルに問題のある『暁』へ入ってくれるのか。

一人また一人と『暁』を去っていく度に、ジェインの中にある疑念は大きくなっていった。

『暁』のランクはBへと届こうとしていた。

スキルを授かった三人の実力は、既にAランクパーティーと比べても遜色はない。

ギルドへの貢献度や、早すぎる昇進ができない制度のせいで、未《いま》だCランクに留まっているだけだ。

そう遠くないうちにパーティーのランクは上がってくれるはずだ。

（でもこれで、本当にいいのだろうか）

実力はある。

それこそ三人でもBランクの魔物を倒せるくらいの実力が。

だが逆に言えば、『暁』には実力以外の全てが欠けている。

そう、自分たちには、実力しかなかった。

先輩冒険者への敬意であったり、依頼主への細かい配慮であったりと様々なことで、今はジェインが一人でなんとかしているが……これもいつまで続くかはわからない。

いなくなってから気付いたが、各方面への配慮は必ずチェンバーが行ってくれていた。

今はその分の仕事がジェイン一人にのしかかっている状態なのだ。

ジェインは最近、以前にも増して疲れを感じるようになっていた。

戦闘に関する疲れは、『勇者』スキルのおかげもあってかそれほどではない。

倒す魔物は以前より強くなっていたが、戦いによる疲労は以前と比べると減っているだろう。

だから彼が感じているのは、精神的な疲れだ。

慣れない相手と話をしたり、パーティーを組んだり、また追い出したり、マーサたちの面倒を見たり……。

ジェインは昔より、酒を飲むようになった。

以前は酒に逃げる大人を笑っていたが……今では自分がそんな、なりたくないと思っていた大人になってしまっていた。

そしてそんな負担を共に背負える人物は、『暁』の中にはいなかった――。

Bランクに上がったのは、それからすぐのことだった。

以前は、冒険者のトップを目指して、その階段を駆け上がることが何よりも楽しかった。

けれど今は、ランクアップして金色になった冒険者プレートを見ても、何一つ興奮しなかった。

その輝いたプレートを見て、ジェインの中にあった何かが、ブツンと切れる音がした。

ジェインはマーサとナルに彼女たちの分のプレートを配ってから、席に座らせる。

「ごめん、マーサ、ナル。もう限界だ」

「限界って……」

「どういうことですか？」

「僕は君たち二人を追放する。『暁』は解散して、しばらくはソロでやっていくよ」

二人は、それはもう散々にわめいた。

だがジェインは彼女たちに取り合わなかった。

何を言われても、その言葉はジェインの心には響かなかった。

彼を打ち負かしたのは強力な魔物ではなく、煩雑な人間関係だった。

自由を求める冒険者が、人との関わりに縛られることの愚かさを、改めて感じていたのだ。

ジェインはもう一度自由になりたかった。

次こそは、付き合う相手は自分で選ぼう。

彼はそう、心に誓った。

「それじゃあ、またいつか」

ジェインは踵《きびす》を返し、背を向けたまま右手を上げた。

そんな彼の鎧《よろい》を、二人がきゅっと摑む。

その女の子らしい仕草も、今はまったくなんとも思わなくなっていた。

「ジェインは……ジェインはもう、新しく組む相手は決めてるの？」

「決まっていないのなら、まだ私たちにだってチャンスはありますよね⁉」

二人から離れたいというのが第一で、それ以外のことは考えていなかった。

ジェインは少し悩んでから、パッと二人の手から逃れる。

そしてギルドのドアを開きながら、後ろを振り返った。

「――チェンバーなんかと組むのも面白いかもしれないな。次は実力じゃなく、もっと人としての相性でパーティーメンバーを選ぶよ」

バタン、とドアが閉じられる。

後にはマーサとナルだけが取り残された。

ランブルの街で追放された少女は、一人の少年に救われた。

けれどアングレイの街に、二人を救ってくれる人物は現れなかった――。

◇◆◇

さて、アイルの神託は、基本的に自分か一番近くにいる者についてを言うらしいので、俺は彼女と神託が下りてくるまで一緒にいることになった。

まずは一緒にゴブリン狩りをして。

俺がちょっとした怪我をしたら彼女がレッサーヒールで治してくれて。

あらポーションいらずで助かるわ、なんて軽口を叩《たた》きながら。

それも終わったので、とりあえず今後とも仲良くやっていこうじゃないかと、二人で酒場へ行く。

三杯目の酒を飲み、そろそろお開きにしないと今後が大変かもしれないと思う頃になって、アイルの神託が来た。

彼女は神託の内容がランダムらしいことを気にしていたが、今回もドンピシャだ。

おかげで俺のレベルアップまでに必要な経験値は、3であることがわかった。

今日倒したゴブリンの数は九。

前回と比べると必要な経験値が27減っている。

つまりゴブリンを一匹倒して得られる経験値は、3ということがわかった。

となると経験値っていうのは、言葉そのまま、俺が戦闘を経験したことによって得られる値ということになるだろう。

ゴブリンで3なら、他の魔物ならどうなるのか。

このあたりは要検証だな。

ってことは、あと一匹でレベルアップするじゃないかということに気付き、気分がよくなった俺は更に酒を呷り。

朝になったら自分のお財布事情がかなり厳しいことに気付いたわけだ。

さぁて、今日もお仕事頑張らなくっちゃなぁ。

ああ、財布が軽いぜ……。

◇◆◇

今回はオーク狩りをすることにしてみた。

稼《かせ》ぎはとりあえずは二等分ということになったので、やはりある程度稼げる魔物を倒す必要があるからな。

昨日同様草原にやってきた俺たちは、森の中へ入りオークと相対することになった。

以前と比べれば力は増しているが、あくまでも俺はタンク。

何体ものオークに集《たか》られると、さすがに自分のことで手一杯でアイルがやられかねない。

なので慎重に一匹でいる個体を見つけてから、奇襲で倒した。
側頭部か首のあたりに刀身を当てることができれば、一撃だった。
一対一なら、かなり楽に勝てるようになってきたな。
そして、久しぶりに天声《てんせい》が聞こえてくる。
ステータスを確認してみる。

ステータス

チェンバー　レベル4

ＨＰ　62／62
ＭＰ　1／1
攻撃　18
防御　20
素早さ　10

魔法

ライト

相変わらずＭＰが全然上がらない。

結局上がったのは最初の一回っきりだ。

けれどそれ以外の値は順調に伸びているな。

「はえぇ、なんか光ってましたねぇ……あれがチェンバーさんのスキルの力ですか」

「ああ、ちなみになんか変な音とかは聞こえたりしなかったか？」

「えっ、新手ですか⁉　私は気付きませんでしたけど……」

そういって杖《つえ》を持ちながらきょろきょろするアイル。

どうやら彼女には、天声もレベルアップのファンファーレも聞こえてないらしい。

だとすると、別に他の奴と組んでも問題はないってことだな。

……いや、今のところアイル以外の誰かと組む気はないけどさ。

俺たちに奇跡的にシナジーがあっただけで、他の奴を入れたら、またバランスがどうだの実力がどうだのと言われかねないからな。

まずは無理のないペースでやっていこうと思う。

アイルの神託を受けるためには、それが下るまで彼女の近くにいる必要がある。

なのでまだ出会って三日目だが、今日も今日とて俺たちは酒場で三度目の酒を酌み交わしていた。

このままだと、神託が下るまで酒を飲むというルーティンができてしまうかもしれない。

……まあ、それも悪くはないか。

かわいい女の子と酒を飲むのを嫌がる男など、この世界には存在しないのだ。

ちなみにアイルは、酒は全然強くない。

俺とどっこいどっこいくらいの強さなんだが、彼女は結構酒好きになりそうな気配がある。

今まで一滴も飲まなかった分、酒の魔力にハマっているのかもしれないな。

ほら、俺みたいな一般家庭出身だと、割と父親にエール舐めてみろとか言われるから、最低限の耐性はあるし。

まあ今考えるとダサいんだけど、酒を飲めるのがカッコいいと思って未成年飲酒とかしてた時期もあるしな。

「えへへ、飲んでますかぁ、チンバーさん」

「チェンバーだ。アイル、それくらいにしとけよ。既に呂律《ろれつ》が回ってないくらい酔ってるぞ、お前」

「私はぁ……酔ってませんっ！」

何故かビシッと敬礼をしながらキメ顔をするアイル。

酔っ払いは皆そう言うんだよ……何故か自分が酔っていることを認めたがらないんだ。

「チェンバーのレベルアップに必要な経験値はあと１３０です」

お、神託が出た。

神託が出る瞬間は、何故かすごい滑舌《かつぜつ》がよくなるんだな。

また意味のない、新たな発見をしてしまったぞ。

俺はメモを取り出し、１３０と書き付ける。

今日倒した魔物と、昨日レベルアップしてからの経験値を逆算すると……。

「レベル5までに必要な経験値は１６０……倍々ゲームになってるわけか」

一応昨日宿に帰ってから、ここ最近の倒した魔物の数をざっくりと思い返してみた。

そして恐らくレベルが1から2に上がる経験値がオーク四匹分。

2から3に上がったのはオークを更に十匹いかないくらい倒した時だったから、恐らく必要な経験値は40～50。

そして3から4に上がるのに必要なのは80前後だった。

今回はレベルアップしてから、オークを六匹倒して、残りが１３０。

となるとオーク一匹の経験値は5で、レベルアップまでに必要な経験値は１６０ということになりそうだ。

レベルアップに必要な経験値は、今のところ倍々になっている。

次は３２０、６４０……という風になっていくんだろうか。

それを繰り返していると、そのうちもうレベルアップなんてしようもないくらい大量の経験値が必要になりそうな気もするな。

まあ、そうなったらその時に考えよう。

でも残り130か……単純計算でオークを二十六匹。

うん、これはできない量じゃない。

まずはレベルを5まで上げてみるか。

考えるのはそこからでいいな。

「あれぇ、チェンバーさんが三人いるぅ」

「ベロベロだぞ、アイル。宿まで送ってやるから、吐くならその後にしてくれよな」

「えへへ、大丈夫吐きまおろろろろ」

「あんぎゃあああああああああっ‼」

第三章　新たな力

『テレレレッ！』

アイルの介抱とオーク狩り、どちらが大変かわからないような生活を続けることしばし。

ようやく俺のレベルアップを告げるファンファーレが鳴り響いた。

ステータス

チェンバー　レベル5

ＨＰ　67／67
ＭＰ　1／1
攻撃　21
防御　25
素早さ　12

魔法
ライト

ステータスを見ると、こんな感じだ。

相変わらずＭＰの伸びはないみたいだけど、それ以外が上がっているし問題はない。

さて、次の問題はこの後に必要な経験値がどれくらいになるか、だな……。

できれば倍は嫌だなぁと思っていた俺の脳内に、耳なじみのない天声《てんせい》が聞こえてくる。

『チェンバーはパーティー編成を覚えた！』

……パーティー編成？

俺とアイルは既にパーティーを組んでいるから今更な気もするな。

いや、ただ一緒に戦っているだけだから別にパーティーってわけじゃない……的な意味か？

というか覚えたって言われても、別に何かを記憶したわけではないんだが……。

『レベルアップ』スキルにはまだまだ謎が多い。

何か意味があるかもしれないし、とりあえずトライはした方がいいか。

「パーティー編成――うおっ⁉」

ステータスが書き出されている光の板のすぐ隣に、ステータスの表記と同じカクカクとした字体でまた新たな光が現れる。
　思わず目を押さえていた手を外すと、そこにはまたヘンテコな文字が浮かんでいた。

パーティー

加入状況　1／4

メンバー
チェンバー

加入可能メンバー
↓アイル

アイルの名の横にある矢印が、ピコピコと点滅している。
切れかけの灯《あか》りみたいに弱々しい光を放っていた。
他の文字と違って、この矢印だけ光ってるってことは……とりあえず触ってみるか。
↓を触ってみても、変化はなかった。

それならとアイルと書かれた文字を触ると、変化が現れる。

ドンピシャだったらしい。

『アイルをパーティーに入れますか？　はい／いいえ』

いやだから、アイルはパーティーに入ってるだろ。

心の中でツッコみながら、はいを押そうとして、触れる寸前でその指を止める。

勝手に入れちゃうのは、よくないよな。

さすがに本人に確認は取らないと。

「なあアイル」

「はい、なんでしょうチェンバーさん」

「俺とパーティー組まないか？」

「ええっ⁉」

そんなに驚かれると思っていなかった。

……なんだよ、その気だったのはもしかして俺だけか？

なんか少し寂しいんだが。

「いえ――いえ違います、そうじゃなくって！　私、なんにもお役に立ててません！　チェンバーさんの擦り傷や打撲を治してあげるくらいならできますけど……自分で言いたくはないですが、ポーションで代わりの利《き》くくらいの魔法しか使えませんし」

「いや、そんなことはないと思うが……」

最初は戦闘能力的な意味で、一人に限界を感じていた。

けれど今は、ぶっちゃけオークならば相手にしても後《おく》れを取ることはない。

たしかにアイルは戦闘では全然役に立っていない。

レベルが上がったおかげで、俺はどんどん強くなれている。

ただ日銭を稼《かせ》ぐためにオーク討伐をすることも、さほど難しくはない。

でも俺の目指すところは、毎日の安定した収入なんかじゃない。

そんなものが欲しいなら、さっさとカタギの仕事についてる。

俺は月並みな言い方だけど……もっと強くなりたいのだ。

冒険者の頂《いただき》である、Sランク。

かつてジェインたち『暁』と見ていた夢を、俺は今でも諦めていない。

なんてったって俺は……往生際《おうじょうぎわ》の悪い男だからな。

「アイルの『神託』スキルは、外れスキルなんかじゃない。少なくとも俺と一緒にいれば、君のそのスキルは有用だ……あくまで、俺にとってだけっていうのがちょっとあれだけど」

そしてその夢を見続けるためには、希望が必要だ。

あとどれくらい頑張ればいいのか、その道しるべになってくれるアイルの『神託』スキルが、今の俺には必要なのだ。

ただ彼女を利用するだけなら、別にパーティーを組む必要はない。

神託が下りるまで、彼女と一緒に飲んでいればいいだけだからな。

でも、あれだよ。

利用し利用される関係なんて……息が詰まるだろ。

「多分俺はこのスキルでもっと強くなるために、色んな場所を巡ることになると思う。強い魔物たちとも戦うことになるだろうし、普通のパーティーと比べたら何倍も危険なはずだ」

俺もアイルも追放された者同士だ。

そして彼女も冒険者としてやっていきたいと思っている。

なら他に、理由が必要だろうか？

実力だけでパーティーを組むと、ロクなことにならない。

俺はそれを、身を以《もっ》て知っている。

だったら組みたい奴《やつ》と組んだ方が、精神衛生上いい。

なぁに、アイル一人くらい俺が守ってやるさ。

その間に戦闘に参加して、回復魔法の練度を上げていけばいいだろ。

「チェ、チェンバーさん……」

「答えは？」

「――ＹＥＳですっ！　ご迷惑にならない限りで、ご一緒させていただければと思います！」

彼女の承諾を得たところで、俺は光の板の『はい』を選択する。

すると表示はこう変わった。

パーティー

加入状況　２／４

メンバー
チェンバー
アイル

加入可能メンバー
なし

よし、これでアイルが名実共に仲間になったぞ。

改めて……これからもよろしくな。

「はいっ、こちらこそ。――ふつつか者ですが、よろしくお願いします！」

心機一転、改めて二人で頑張っていこうと握手を交わしてからすぐのことだった。

俺が慣れた手つきでオークを倒し、アイルと一緒に魔石を採ろうとしていた時、急に天声が聞こえてきたのだ。

いつもより少し遅い、倒してから少しして聞こえてくる声。

このラグに、俺は妙に覚えがあった。

(ああ、なるほど。パーティー編成は――そういう能力だってことか)

納得して俺がうんうんと頷《うなず》く間、横にいるアイルが明らかに挙動不審になっている。

その理由は――今の彼女に、天声が聞こえているからだろう。

『レベルアップ！　アイルのHP、MPが全回復した！　アイルのレベルが2に上がった！　攻撃が+0、防御が+2、素早さが+0、HPが+2、MPが+4された！』

この『パーティー編成』は……パーティーメンバーもレベルアップさせることのできる力ってわけだ――。


「チェ、チェンバーさんっ！　これって……」

「ああ、それがアイルのステータスだ」

初めてレベルアップをしたアイルのすぐ近くには、ふよふよと浮くステータスの書かれた光の板がある。
　どうやら俺にも読めるようだ。

ステータス

アイル　レベル2

ＨＰ　27／27
ＭＰ　14／14
攻撃　5
防御　11
素早さ　7

魔法
レッサーヒール
マジックバリア（小）

「なるほど……やっぱり攻撃とかは低いんだな」

あと、ＨＰを始めとする各種の数値も、基本的には俺より低めだ。

ＨＰとか、俺がレベル２の時はこの倍くらいはあった気がするし。

ただその分、素早さが高めでＭＰの量が多い。

さっき一つのレベルアップで４上がってたことを考えると、ＭＰはレベルが上がればガンガン増えていくはずだ。

てことはとにかく素早く動いて戦場を駆け回り、回復魔法なり結界魔法なりを使いまくるプリーストが、彼女の力を一番引き出せる形なのかもしれない。

「ステータス……アイル、俺のこれは見えるか？」

「ええっと……はい、見えますし普通に読むこともできます」

どうやら彼女の方からも、俺のステータスを見られるようだ。

なるほど、とりあえずこれで情報の共有ができるようになったし、以前よりずっとスムーズにやり取りが可能になったな。

こないだまで、彼女にステータスの光は見えてなかったし。

「チェンバーさん、あの、これってもしかして……」

「ああ、俺が手に入れた新しい能力で、アイルがレベルアップした。多分同じパーティーになったから、俺が倒した経験値のうちのいくらかがそっちにいったってことなんじゃないかな？」

アイルは戦闘に参加はしていたが、攻撃は一度もしていない。

それでもレベルが上がったってことは、パーティー編成をしていれば、俺とある程度経験値を共有できるみたいだな。

働きに応じた分配なのか、俺の何分の一かが自動で与えられるようになっているのかは、今後調べていこう。

「私までレベルアップ……しちゃっていいんでしょうか？」

「そりゃパーティーメンバーだし、問題ないだろ。今はまだ実感しづらいだろうけど、レベルが4くらいまで上がると明らかに身体《からだ》の動きが違ってくるぞ。アイルはMPもガンガン上がってくっぽいから、魔法の練習とかも今まで以上にできるようになると思う」

俺の説明を聞いて、アイルはぽかんとしてから……何故《なぜ》か泣き出した。

――おい、どうしてそこで涙が流れてくるんだ⁉

涙を拭《ふ》いてくれよ、頼むから。

「ち、違うんですっ。わ、私だけこんなに幸せでいいのかなって、お、思って……」

「し……しあわせ？」

「私、使えない外れスキル持ってて！　それでいらないって追放されて！　でも……チェンバーさんに助けてもらえて、パーティーにまで入れてもらえてっ！　そして私までレベルアップできるようになって――私、ごんなにいっぱいもらっだら、もう返じぎれまぜんっ！」

――アイルは結構、いっぱいいっぱいになっていたのかもしれない。

今まで一緒に頑張ってきた仲間がいて。

でも見限られてしまって。

一緒に頑張ろうと言った俺に置いていかれないように、必死だったのかもしれない。

……ダメだな、俺は。

もっと、こう……ちゃんと寄り添わないと。

人の気持ちを推し量るのは、昔から苦手だ。

おかげで女の子にも、全然モテてこなかったし。

けど今は、何をすればいいかくらいはわかる。

俺がどう思ってるかを、全部、アイルに話してやればいいんだ。

「アイル。俺はお前のこと、足手まといだとか役立たずだなんて最初から思ってない。そりゃスタートは、俺と同じ境遇で追放されて始まったわけだけど……『神託』スキルはびっくりするくらい、俺の『レベルアップ』と嚙《か》み合《あ》ってる。――おかげで俺は目標を見ながら前に進めるようになった。だから何も、アイルばかり助かってるわけじゃないんだ。俺だって結構、助けてもらってる」

「チェンバーざん……」

ソロで戦い続けるのが戦闘能力的に問題はなくなっても。

やっぱりずっと一人っていうのは、その、こういうのを男が言うのはダサいとは思うんだが……寂しい。

一緒に戦ったり、笑い合ったり、バカやったり。

そういうことのできる仲間がいないで、ただ延々と魔物と戦い続けて。

おまけにいつレベルが上がるかもわからないから、ずっとそわそわしていて。

自分のことは、自分じゃあよくわからないことも多いけど。

俺だってアイルがいて、救われてるんだぜ。

「アイル、泣いてる暇なんかないぞ。お前も俺と一緒に強くなれるんだから。追放した奴らを見返してやれるくらい、強くなってやろう。そしていつか、傷を負った元パーティーメンバーを、さっさとハイヒールで癒やしちまえ。追い出したことを後悔している奴らを尻目に、俺たちは前を向いて走り続ければいい――」

泣いていたアイルが、ごしごしと目を擦る。

彼女の目は真っ赤《まか》に腫れていたけれど、その顔はひどく晴れやかだった。

「――はいっ！」

さあ、まだまだ魔物を倒さなくちゃ。

二人とも強くなれるってわかったんだ。

まずはランブルで地力をつけていこうぜ。

◇
◆
◇

アイルには光魔法の才能があるが、攻撃魔法は使えない。

なので二人で強くなるとは言っても、戦い方は今までのままでいこうということになった。

ただ、今回は戦いを一回で引き揚げて、ランブルへ戻る。

アイルの神託で正確な数値を出して、検証していかなくちゃいけないからな。

しばらくの間は、アイルとの飲み会は継続になりそうだ。

アイルは仕方ないですねとは言いながらも、結構ノリノリだった。

俺は彼女に、飲んべえの素質があると睨《にら》んでいる。


「ピコン！　チェンバーのレベルアップに必要な経験値は残り276、アイルのレベルアップに必要な経験値は残り35です！」

アイルが相変わらずまったく酔いを感じさせないはきはきとした言葉で、神託を告げてくれる。

これで、レベルアップに必要な経験値が倍々ゲームになるという予測の信憑《しんぴょう》性が、更に高まったな。

多分だけどアイルも今後は、40→80→160……という風に必要な経験値が増えていくことになるだろう。

そしてもう一つわかったのは、経験値っていうのはそれぞれに別途で与えられるものってことだ。

アイルとのパーティーを編成してからレベルアップするまでに俺たちが倒したオークの数は五。つまり経験値の合計は25。

そしてその値は、俺の残り経験値からわかるように、分配されずに25ずつ入っている。

それなら仲間は増やし得ってことになるな。

レベルアップが遅くなることもないんなら、俺としても抵抗なくパーティーメンバーを受け入れられるし。

パーティー編成の上限は今のところ四人だから、なるべく早い段階であと二人見つけた方がいいかもしれない。

もちろんそうする前には、アイルに相談しなくちゃいけないが。

あ、そうだ。

どうせならアイルの意見も聞いてみるか。

「アイルは新メンバー加入についてどう思う?」

「新メンバー……ですか?」

「ああ、どうせなら序盤から仲間がいた方が、レベルが上がるのも――」

「シッ！　チェンバーさん、もうちょっと声のボリュームを落として下さい！」

酒場にいる時のアイルにしてはいやに真面目に、キリッとした顔をする。

もしかして酔ってないのか……？

あれか、前にジェインから聞いたことのある、女の子は意中の相手には酔ったフリをするとかいうあれなのか……？

ということはアイルは俺のことが好き……？

アイルは俺の口を塞《ふさ》ごうと手を前に出すが……テーブルを向かい合わせに座っているので、距離が足りなかった。

そして次にアイルは、なんとか頑張ろうとんーんー言いながら腕を伸ばす。

だが筋を痛めたのか、目を大きく開いてプルプル震えてからテーブルに突っ伏した。

……前言撤回。

アイル、めちゃくちゃに酔ってる。

モテない男の勘違いをするところだった、危ない危ない。

少しして、痛みがなくなったらしいアイルが、今度はテーブルをぐるっと回ってこちらに近付いてくる。

そして彼女は眉間《みけん》にしわを寄せながら、俺の耳元で囁《ささや》いた。

「チェンバーさん、あなたの持っているスキルのこと、他の人にあまり言わない方がいいかもしれません。仲間を増やすのも、しばらくは止めておいた方がいいと思います」

「どうしてだ？　せっかくだし早い段階で一緒にいた方がレベ……そんな顔するなって、わかったから。えっと……成長していく速度は上がるだろ？」

俺がレベルアップと言いそうになるのを、アイルは目線で制した。

彼女はそれでいいのだという顔をしてから、

「その成長速度が上がる、というのが問題なんです！」

「……そうか？」

パーティーメンバーが強くなれるのなら、それに越したことはない……いや、そうか。

「俺の力が広まれば、俺はただ成長を促進するためのアイテム扱いされかねないわけか」

さっき確認したところ、パーティー編成は、俺以外のメンバーで合意があればパーティーから外すこともできる。

そしてアイルに動いてもらって身体の感覚を聞いた限りでは、パーティーを抜けても、上がったレベルは下がらない。

つまり俺と一緒に行動をしてサクッとレベル上げをして抜けるような輩《やから》がいても、そいつらのレベルは上がったままになる、ということだ。

「たしかに利用方法なんか、いくらでも考えつくな」

「でしょう？　ですからむやみに吹聴しないのが吉です」

ちょっと考えただけでもわかる。

例えば俺が騎士団なんかに目をつけられれば、毎日色んな奴らのレベル上げを手伝わされ、最強の騎士団を作れと馬車馬のように働かされるだろう。

冒険者ギルドに目をつけられても同様だ。

色んな奴らのレベルアップを手伝わされることになるのは間違いない。

レベルアップに必要な経験値はどんどんと増えていく。

それなのに皆のレベル上げを手伝っていては、俺のレベルアップの方が遅々として進まない。

それじゃあジェインに追いつけないし、追い越せない。

俺には立ち止まっている暇なんかないのだから。

「とりあえずはアイルと二人でやっていった方がよさそうだな」

「はいっ、その通りですっ！」

何が嬉《うれ》しいのか、アイルはにこにこと笑っている。

そして回っていない呂律《ろれつ》で、おかわりを注文していた。

明日になってから、財布の軽さに泣いても知らんぞ。

でもそうか……たしかに仲間を増やすのは慎重にならなくちゃいけないな。

パーティーメンバーを強くするためには俺のスキルの説明をせざるを得ず、そしてその新たなメンバーは俺のスキルのことを他人に言わないような人じゃなくちゃいけない。

だとするとアイルが最初にパーティーに入ってくれたのは……幸運だったな。

彼女は今、酒の魔力に溺れているが、こんなんでもきっちりしているところはしているし。

「いっそにがんがん、レベルあげてきましょー！　おーっ！」

「おま、言ったそばからっ――」

俺が急いでアイルの口を塞いでやると、彼女は声を出して笑う。

……最初の仲間が彼女で、本当によかったんだろうか。

そんな疑問を浮かべる一日になった――。

◇◆◇

今日はゴブリン狩りをすることにした。

ここ最近、ゴブリンを倒すための常駐依頼の報酬が徐々に上がってきているのである。

最初は二体で銅貨一枚プラスだったのが次には四体で三枚プラスになり、そして今では一体で一枚のプラス。

元々の依頼が銅貨二枚だから、報酬が単純計算で一・五倍になったわけだ。

銅貨三枚はオークと比べれば美味《おい》しくはないが、それでも塵《ちり》も積もればというやつだ。

どちらかと言えばゴブリンは群れになって移動することも多いし、一概に儲《もう》からないってわけじゃない。

ランブルの周囲をざっくりと説明すると、南に森、東に草原、北に荒野、西に山脈がある。

それぞれを抜けていった先に別の街がある形だな。

ちなみに俺たちは、一番往来も多く道ができている東の草原を抜けてここにきている。

ゴブリンの目撃情報が最も多いのは南にあるノイエの森だった。

俺たちは森の中を、ゆっくりと歩いていく。

もちろん先頭が俺で、その後ろからアイルがついてくる陣形だ。

俺たちのパーティーの場合、とにかくアイルがやられないことが大切だ。

アイルもゴブリンをまけるくらいの逃げ足はあるので、いざという時は彼女だけでも逃がさなくてはいけない。

俺一人でも、ゴブリンならどうとでもなるしな。

「五匹か……とりあえず俺一人で行く」

「はい、いざという時はマジックバリアで支援しますので」

ゴブリンたちが俺らを見つけるよりも、俺たちがあいつらの存在に気付く方が早かった。

最近、前よりもなんというか……感覚が鋭くなってきてる気がするんだよな。

俺の勘違いじゃなければ、遠いところの音も以前よりはっきりと聞き取れるようになっている。

だって足音から敵の数を察知なんて、前はまったくできなかったし。

もしかするとレベルアップで上がるのは、ステータスとしてあるものだけじゃないのかもしれないな。

「グギャッ！」

「「ギイッ、ギギィッ！」」

ゴブリンたちが、俺がやってきたことに気付く頃には、既に相手との距離はあとわずか。

向こうが迎撃態勢を整《ととの》えるよりも、俺が大剣を振るう方が早い。

「おらっ！」

大剣が暴風のように荒れ狂い、ゴブリンの身体を凹《へこ》ませ、身体を断ち斬ってゆく。

レベルが5まで上がると、もう鋼鉄の大剣でも重量感が足りなくなってきている。

攻撃の数値だけ見れば、最初の三倍近くにはなってるからな。

ステータスが分からない頃は、攻撃の値は8だったわけだし。

ゴブリンがこちらに石斧《せきふ》を向けるよりも、俺の剣速の方が速い。

結果向こうは何もできぬまま、大剣に吹き飛ばされて、死んでいく。

ひしゃげ、断末魔さえ上げられぬまま死んでいくゴブリン。

戦いは実際、数十秒もせずに終わった。

しかもその時間の半分近くが、逃げようとするゴブリンたちを追いかける時間だ。

……さすがにゴブリンだと、もう物足りないんだな。

改めて自分が強くなったことを実感し直してから、俺は……頭を抱えた。

「まずった……多分魔石ごと粉々だ、これ……」

オークだと全力でバカスカ叩《たた》いても問題ないんだが、脂肪や肉の少ないゴブリンに同じことをしたので、体内の魔石が壊れてるはずだ。

上手《うま》いこと首に当てられたのは二匹だから……残り三匹分は、おじゃんだな。

『テレレレッ！』

お、天声だ。

ということはアイルのレベルが上がったんだな。

アイルは……結構遠くにいるな。

なるほど、天声は遠くても聞こえるのか。

多分頭の中に直接語りかけてるとか、そういう感じなんだろうな。

『レベルアップ！　アイルのＨＰ、ＭＰが全回復した！　アイルのレベルが３に上がった！　攻撃が＋１、防御が＋３、素早さが＋２、ＨＰが＋１、ＭＰが＋５された！』

いつものようにステータスアップを告げる声が流れてくる。

アイルはＭＰの伸びがいいな……うらやましい。

やっぱり人の適性によって、上がり幅って決まってるんだろうな。

俺はレベル５になっても、ＭＰは１のままだし。

いつもならここで終わるのだが、今回は違った。

天声が終わる時はなんとなくわかるのだが、その感覚がやってこなかったのだ。

ということは……。

『アイルはライトアローを覚えた！』

——なるほどな。

レベルを上げると、新たな魔法を覚えるパターンもあるのか。

ライトアローは初級光魔法だが、立派な攻撃魔法。

これでアイルも、戦闘に加わることができそうだ。

「チェンバーさーんっ、見て、見て下さいこれっ！」

アイルが興奮気味に、大声を上げながら走ってくる。

ここは森の中で、またどこからゴブリンが出てくるかわからないんだが……まあその気持ちは、俺もわかるけどさ。

魔法が使えるようになる嬉しさは、俺も少し前に味わったし。

やってきた彼女が、ふんすと鼻から息を吐きながらステータスを見せてくる。

ステータス

アイル　レベル3
ＨＰ　28／28
ＭＰ　19／19
攻撃　6
防御　14
素早さ　9

魔法
レッサーヒール
マジックバリア（小）
ライトアロー

「すごいですね、このスキル……本当に、なんでもありじゃないですか」
「ああ、俺もそう思う」
「私、攻撃魔法は才能なくて、まったく使えなかったんですよ」
「おう、俺も前のレベルアップで魔法が使えるようになったぞ……ライトだけだけど」

とりあえず興奮して縦揺れしているアイルを落ち着かせ、一旦木陰《こかげ》に隠れる。

彼女は明らかに新たな魔法を試してみたそうにうずうずしていた。

周囲に敵がいないのを確認してから、俺が人差し指と中指を、ビシッと樹《き》の方へ向ける。

アイルはうんと一つ頷いてから、手に持っている杖《つえ》を高く掲《かか》げ、

「ライトアロー！」

アイルが樹の方へ向けた杖の先が、ピカッと光る。すると次の瞬間には、その場に一本の光の矢が生まれていた。

胴体部分は鉄の棒みたいな円柱型で、先端が鏃《やじり》のように尖《とが》っている。

ライトアローは空中に留まっていたかと思うと一直線に樹へと飛んでいき……そして幹に突き立った。

さっきの長さから考えると、結構芯まで入ってそうだ。

表皮と樹の一部分を、突き立つくらいにえぐれる威力か。初級魔法って、もっと威力が低いイメージがあったが……これならゴブリンの目とかに当てれば一撃で倒せそうだな。

多分スライムでも、狙いを上手く定めてしっかり核《コア》を狙えば身体は貫通できそうだ。

「すごい……本当に使えました」

「結構威力が高いんだな。俺の知ってるのはファイアアローとかだけど、ここまでの威力はなかったぞ」

「え、そうなんですか？　すみません、離れてるので樹がどうなってるかまでは詳しく見えなくて……」

アイルに説明をしながら、樹へと近付いていく。

彼女が目視できるような距離になった時には、既にライトアローは消えており、空《あ》けられた穴だけが残っている。矢の衝撃を受けた樹は深々とえぐれ、樹皮はめくれていた。

やはり以前見たナルのライトアローよりも威力は高いような気がする。光魔法って、あんまり威力出ないのが普通だからさ。

「これは……私が知っているライトアローとはものが違いますね」

「やっぱりそうだよな。となると……」

「どうかしたんですか、チェンバーさん？」

「多分このレベルアップ、ステータスに出ている数値以外の能力も上がってるんだ。隠しステータスとでも言うべき値が何個かあるんだと思う」

上がれば鋭敏になっていく感覚とか、上がれば魔法の威力が強くなっていく魔法攻撃みたいな値が、多分隠れてるんだと思う。

そう考えれば、色々と能力が向上している俺たちの現状についても説明がつく。

「改めて言いますけど、本当になんでもありですね……」

「だなぁ。そもそもスキルの効果を他人に分けられる時点で大分おかしいし」

このスキルは――間違いなくイカれている、いわゆるぶっ壊れスキルというやつだ。

外れスキルだなんてとんでもない。

当たりも当たり、大当たりだろう。

自身の全能力値を、魔物を討伐してレベルを上げることで向上させていく。

その過程で新たな能力が目覚めたり、魔法が使えるようになったりもする。

そして四人という人数制限こそあるものの、パーティーメンバーにまでその効果を及ぼすことができる。

更にレベル上げを終えたら、パーティーから抜けても、上げたレベルは下がらない。

俺はこの世界中の人間のレベルを、上げ放題ってことだ。

神様は、『レベルアップ』スキルが一番俺に合っていると思ったから、こいつを俺にくれた。

ってことは俺は……誰かを強くするのに向いてるってことなんだろうか。

……もしこの、俺の仲間をレベルアップする力が手に入るまで、ジェインたちと一緒にいられたら。

俺は今も、『暁』のメンバーとしてやっていけてたんだろうか。

ふと、そんなことを思ってしまった。

「チェンバーさん、どうかしましたか？」

「……いや、なんでもない」

ありもしない仮定の話に意味はない。

首を大きく振って、そんな起こるはずのない未来のことを頭から振り落とした。

「――俺たちは今、できることをしなくちゃな」

「ですですっ！」

「とりあえず、俺はそろそろここらの狩り場じゃレベルが上がらなくなる。アイルのレベル上げが終わったら、場所を移そう。これからどんどん強い魔物と戦っていくことになるぞ……わくわくするな！」

「全然わくわくはしませんけど⁉」

過去は振り返らず、今を見つめて。

前を向いて歩いていこう。

もうこれ以上の差を、ジェインにつけられないように。


俺たちはひとしきりバカをやってから、ゴブリン狩りを再開する。

まだレベルアップしたばかりだから、アイルが次のレベルになるために必要な経験値は80近いはず。

ゴブリンの経験値は3だから、二十四以上を倒さなくちゃいけない計算だ。

戦闘能力には問題なくとも、そもそもそんなにゴブリンを見つけられないだろう……と、思っていたんだが。
日が沈み出し帰還しようとなった段階で、アイルのレベルは4に上がっていた。

ステータス

アイル　レベル4

HP　30／30
MP　24／24
攻撃　6
防御　16
素早さ　10

魔法
レッサーヒール
マジックバリア（小）
ライトアロー

第四章　不穏な影

「ちょっと……あまりにもゴブリンの数が多すぎるよな」

「そ、そうですよね……」

森を抜け、街へと向かう道すがら、話をする俺たち二人の顔は暗い。

何か……違和感があるのだ。

俺は前に何度かこの森に入っている。

そしてその時は、これほどまでに大量のゴブリンが出てくることはなかった。

今日の森の中の様子は、少し異常だった。

ゴブリンを倒して少し歩くと、生き物の気配。

そして覗《のぞ》いてみればゴブリン。

それを倒すとまた……という感じで、とにかくゴブリンが大量にいた。

このままゴブリンを倒しているだけで、俺までもレベルアップできるんじゃないかと思うほどに。

今日だけでゴブリンを何匹殺したのか、正直覚えていない。

ずっと大剣を握っていた感じだったので、精神的にもかなり疲れている。

けどこの異変は……とりあえずギルドには報告しておく必要がありそうだ。

今の俺とアイルだからなんとかなったが、下手なEランクパーティーなんかがここに来たら、大量のゴブリンに数で押されかねないからな。

面倒なことになりそうだな……という予感は、的中することになる。

俺は昔からそうなんだ。

外れてほしいものっていうのは、大抵当たるんだよ。


「実は、ギルドではゴブリンキングがいると想定しています」

「は、はぁ……」

ギルドへ戻り、ゴブリンを倒しまくった報告と、ノイエの森で感じた違和感について話をすると、俺は何故《なぜ》かギルドの二階へと上げられた。

一緒に報告をしたアイルは、一階に待機している。

どうしてパーティー全員ではなく、俺だけが呼ばれる必要があるのだろうか。

もうその時点で警戒はマックスだったわけだが、そこに来て現れたのが冒険者ギルドランブル支店の幹部だという人物。自己紹介をされた時点で、察するよな。

間違いなく、何か厄介ごとが起こっているんだろうなってさ。

「既にDランクパーティーが二つほど、ノイエの森で消息を絶っています。ギルドはこの件を非常に重く見ておりまして」

「つまりCランク以上の何かが、森にいるってことですね」

「そういうことになります」

ゴブリンキングはたしか……Bランク相当の魔物だったはずだよな。

『暁』はCランクパーティーだったから、以前倒すか話題に上ったことがある。

無理に危険を冒すことはないと、当時は依頼を見てもやらなかったわけだが……そんなのが森にいるって？

ゴブリンキングはゴブリン系の魔物たちを統率できる個体って話だ。

ゴブリンは最弱の魔物だが、とにかく繁殖能力が高い。

それにゴブリンメイジやゴブリンリーダーみたいな、上はCランクくらいまでの魔物もいる。

そんな奴《やつ》らが、キングの統率の下、森を支配しているとしたら……。

もしかしなくとも、ランブルにまで攻め込まれるんじゃないのか？

……俺らが下手に首を突っ込むのは間違いだな。

早いうちに手を引かせてもらおう。

「森の件は口外はしないと誓いますので、引き続きよろしくお願い致します」

「チェンバーさん、あなたに一つ指名依頼をさせていただきたい」

「どうして俺なんですか、もっと適任者がいますよ。オークとゴブリンを狩って、日々の生活に汲々《きゅうきゅう》としてる俺に、何を求めると？」

「あなたをAランクに届くと噂《うわさ》の超新星、『暁』の元メンバーと見込んでお願いをしたいのです」

「——っ⁉」

俺はもう、ジェインたちとは関わりのない人生を歩んでいくと……それが当然だと思っていた。

けれどどうやら人の繋《つな》がりっていうもんは、そう簡単にはなくなるものではないらしい。

Aランクに届く、か……。

どうやらジェインたちも、元気にやってるらしいな。

「あいつらは今そんなことになってるんですか？」

「ええ、なんでもサラマンダーの番《つがい》を討伐したとかで、色々と騒ぎになっていましたよ」

そりゃ元から強かった奴らが、自分の戦闘スタイルにこれ以上合うものはないっていうスキルを手に入れたんだ。

大抵の魔物は敵にはならんだろう。

にしてもそうか……あいつらはマジでSランクに届きそうなんだな。

「僕たち『暁』は四人で一つのパーティーだ。誰一人欠けることなく、頂へ辿り着いてみせる」

『天授の儀』を受ける前のジェインの言葉が、ふと頭をよぎった。

本当に頂点が見える位置にいるジェインと、オークとゴブリン討伐ばかりして暮らしている俺……別れる前より、差は広がっちまったみたいだな。

「うちの冒険者として働いてもらう以上、一定以上の水準を超えている人たちの来歴は把握しております。なのでチェンバーさん、あなたに白羽の矢を立てたのです」

「……俺がいた頃は『暁』はまだCランクでした。それに俺は外れスキルを手に入れて追い出されたんですよ。正直なところ、ギルドの期待に応《こた》えられるとは思いません」

「いえ、お恥ずかしいのですが……現在、ランブルで唯一のBランクパーティーが遠征に出掛けておりまして。Cランクパーティーはいるのですが、彼らはゴブリン退治など格下に任せておけばいいと乗り気ではなく……」

そして結果として、Cランクではあるが Dランクのアイルと組んでいるこのチェンバーさんが選ばれてしまったわけか。

クソッタレ……と悪態を吐きたいのはやまやまだが。

ニャッコを始めとして、この街で何人か知り合いもできた。

彼らを見捨ててどこかへ逃げるっていうのが、一番利口ではあるんだが……あいにく俺はバカだ。

冒険者っていうのは、利口じゃなくても許されるお仕事なんでね。

「依頼内容は偵察、ですよね？」

「はい。ランブルを治めるヴェリド子爵の騎士団に向かってもらってはいるのですが……折悪く、ちょうど魔物被害の出ている他の街での戦闘が終わったばかりとのことで。急ぎ向かうとのことでしたが、こちらまでやってくるにはかなりの時間がかかると考えられます」

どうやら魔物被害に苦しんでいるのは、このランブルの街だけではないらしい。

けど遠方にいるらしい騎士団がこちらの救援に果たして間に合うのかどうか……ギルド幹部の彼を見る限り、かなりヤバそうではあるよな。

「彼らがこちらへ戻ってくるまでにはかなりの時間を要すると考えられます。なんとしてでも時間を稼《かせ》がなくてはなりません。そのため、何人かの冒険者に声をかけているのです。チェンバーさんには、彼らが速やかに討伐任務を行えるよう、事前の情報収集をお願いしたいと考えています」

何もゴブリンの殲滅《せんめつ》を依頼されたわけじゃない。

けど情報収集とは言っても、ゴブリンたち全体の規模を確認するんなら、相当奥深くまでいかなくちゃ厳しいはずだ。

やっぱり自分にはちと荷が重い気がするが……実はこれは、俺にとってもメリットがある。

それは『レベルアップ』スキルを誰にも知られることなく、俺が強力な魔物たちと戦えるというメリットだ。

レベルアップをすると傷が治り、ＨＰとＭＰが全回復するという特性上、恐らく今後俺とアイルはあまり人目につかないような場所を選んで戦う必要がある。

その条件に、このゴブリンたちの偵察依頼は、まさにぴったりなのだ。

ゴブリンキング以外のゴブリンたちは、一番ランクの高いものでもC。

レベルアップを重ねて強くなった今の俺であれば、問題なく倒すこともできるはずだ。

それにこの街の危機に何もしないでいられるほど薄情じゃない。

この依頼……受けさせてもらおう。

アイルを連れていくかどうかは……要相談、だな。

「わかりました、受けますので、その分報酬は弾《はず》んで下さい」

「……助かります。今回はこのような形になってしまい、大変申し訳ございません」

正直なところ、謝られたところで何も変わらないが……多分この人もギルドマスターとかにこき使われて大変なんだろう。

中間管理職の苦労の種を増やす趣味もないので、俺は黙って部屋を出た。

アイルには何も言わず、一緒にギルドを出る。

人のいない場所を探していると、広場の一画に誰もいないところがあったので、そこでざっくりと事情を説明した。

アイルが答えを出すまでにかかった時間は、一瞬だった。

「私も行きますよ」

「その方が助かるけど……いいのか？　多分、かなり危ないぞ」

「そんなところにチェンバーさんを一人で行かせるわけにはいきません！　——チェンバーさんが

言ってたじゃないですか、俺たちはパーティーだって。一人で格好つけて死なれちゃ困ります。私もまだまだ、強くならなくちゃいけないんですから！」

彼女が覚悟を決めているのなら、俺に言えることはない。

――よし、それならいっちょやってやるか。

二人でレベル上げがてら、ゴブリンたちを偵察しに行こうじゃないか。

ゆっくりと休息して次の日。

ノイエの森は、不気味なほど静かになっていた。

俺たちは事前準備をしっかりとした上で、森の入り口からゆっくりと奥へ進んでいく。

ポーションの用意もあり、アイルのレッサーヒールもある。

回復手段自体はあるため、基本的な作戦は『無理せず逃げろ、命大事に』で進もうと思っている。

森の中は、そこまで植物が密生しているわけではない。

一応獣道があって、枝をいちいち伐採しなくとも進めるようになっている。

恐らくはここを使う冒険者たちがやってくれているんだろう。

これをゴブリンに利用されたりしないよう、気を引き締めなくっちゃな。

まず最初に見つけたのは、ゴブリンの群れだ。

中に一匹、少し格好がしっかりしている者がいる。

一応服と思《おぼ》しきものを着用していて、その手には杖《つえ》を持っている。

その肉体も、周囲のゴブリンと比べると少し大きめだ。

恐らくはEランクのゴブリンたちより強いDランクのゴブリン系の魔物。

見た目から察するに、ゴブリンメイジだろう。

こいつはゴブリンのくせに魔法の使える奴で、基本的には火魔法か風魔法を使う。

昨日まではゴブリンしかいなかった森に、ゴブリンメイジが混じり出している。

やはり明らかに、何か異変が起きているんだろうな。

できればゴブリンキングじゃないと助かるんだが……。

（ライトアローでメイジを狙いますか？）

（そうしてくれ、それを合図にして俺も前に出る）

道を外れ茂みに隠れながら、音を立てぬようにそろりそろりと近付いていく。

ある程度距離が縮まったところで、アイルが小さな声で呟《つぶや》いた。

「ライトアロー」

彼女が放った魔法が、ゴブリンメイジへと吸い込まれていく。

そしてしっかりと狙い通りに、矢はゴブリンメイジの眼球へ突き刺さり、そのまま奥の脳を貫通した。

その時点でゆっくりと進むのを止め、獣道へ出て駆け出す。

ゴブリンたちは、自分たちのリーダーがいきなり死んだことでパニックになっていた。

「これならっ――余裕、だっ！」

一振りごとにゴブリンを吹っ飛ばし、潰し、断ち斬る。

一瞬のうちに、五匹のゴブリンの討伐を終える。

魔石だけは回収して、先へ進む。

命の方が大事だから、今回はかさばらない程度の回収にしておかないとな。


歩いていると、再度ゴブリンの群れを発見した。

そしてその中には、またも普通とは違う一匹がいる。

今回いたのは、ゴブリンメイジと同じくDランクのゴブリンソードマンだ。

錆《さ》びた鉄剣を抜き身のまま腰に提げており、腕を組みながら何やら頷《うなず》いている。

ゴブリンソードマンは、純粋にタフで力が強いゴブリンと考えればいい。

あいつを相手にするとなると……ライトアローは使わない方がいいかもしれないな。

首を動かしたりして避けられてしまえば、術者のアイルが危険になりかねない。

後ろにいるアイルに、指を一本振った。

俺一人でやる、という合図だ。

剣を使うとは言っても、しょせんはDランク。

オークを余裕で倒せる今の俺なら、問題なくいけるはずだ。

一人の頃とは違って、今なら小さな傷を気にすることなく、自由に戦っても問題ないしな。

俺は少しアイルから距離を取って、ゴブリンソードマンたちへ向かっていく。

足音を隠さぬ全力疾走に、さすがに気付かれるが問題はない。

ソードマンが剣を構え、ゴブリンたちは石斧《せきふ》を構えた。

先頭に立ったゴブリンソードマンが、引き気味に剣を構え、剣の間合いが詰まったと判断した段階で、突きを繰り出してくる。

じっくりと見て……まだだ、まだ早い……今っ！

俺は突きを放ったゴブリンソードマンの剣の柄を大剣の腹で叩《たた》く。

剣は勢いを失い、ゴブリンソードマンは指を強《したた》かに打ち付けられたせいで剣を取り落とす。

そこを小突いてやると、ソードマンがバランスを崩してひっくり返る。

俺を包囲する形で展開したゴブリンたちが、攻撃を仕掛けてくる。

ソードマンに打ち付けようとした大剣を静止させ、ソードマンの胸を思い切り踏みつける。

「ギアアアァッ!!」

そして大剣ごと自分の体をくるりと回転させ、即席の結界のように使う。

ゴブリンたちの得物は吹っ飛び、その手を鉄塊が撫《な》でていく。

「ギギッ!?」

「ギアッ！」

「グギギィッ！」

ゴブリンたちの攻撃が止《や》んだ段階で、まずはソードマンの頭に大剣で一撃。

完全に息の根を止めてやる。

リーダーを失い統率を欠いたゴブリンたちなど、敵ではない。

向かってくるゴブリンを唐竹割りにし、逃げようとするゴブリンの背骨をへし折ってやる。

今回も大して問題はなかったな……と額の汗を拭《ぬぐ》うと、少しヒリヒリとした感触が。

見れば右手の甲の当たりに、切り傷ができていた。

どうやらゴブリンソードマンの剣を拾ったゴブリンの一撃が、運悪く手に当たってしまったらしい。

魔物の攻撃の厄介なところは、下手に自然治癒に任せていると怪我《けが》が悪化する可能性がある点だ。

傷が治らず化膿《かのう》して、腕を切らなきゃいけなくなった……なんて話も聞いたことがあるしな。

でも今は、怪我をしても問題はない。

「お疲れ様です、チェンバーさん。レッサーヒール」

アイルが俺の手を握り、レッサーヒールを唱えてくれる。

初級の回復魔法ではあるが、軽い切り傷や打撲くらいならすぐに治せる。

彼女がステータスを見ながら使用して確認したところによると、消費するＭＰは2らしい。

今のアイルのＭＰは24だから、十二回は使える計算だな。

……いや、魔力ってある程度時間が経てば自然回復するらしいからもっといけるか。

なんにせよ、頼もしい限りだ。

「チェンバーさんなら、ゴブリンキングも倒せちゃうかもしれませんね」

「いや、それは無理だろ……」

同ランク帯の魔物を倒せるようになって初めて、冒険者はランクアップの一歩目を踏み出せる。

Ｂランクの魔物を倒せるのなら、俺たち二人はＢランクパーティー相当の実力があるってことになる。

まださすがにゴブリンキングは厳しい。

……いけて、Ｃランクくらいだろう。

でもＣランクのゴブリンとなるとゴブリンリーダーやゴブリンナイトあたりになるが……この辺は、今戦っても勝てるか怪しいところだと思うぞ。

だけどこの感じだと、進んでいったら……いそうだよなぁ、もっと強いゴブリンたち。

そしていつもの通り、俺の不安は的中することになる——。

◇◆◇

（ゴブリンリーダーか……しかもその周りにゴブリンソードマンたちまでいる）

（逃げましょうか？）

（……一旦離れよう。俺たちの目的はゴブリンの殲滅じゃなくて、あくまでも調査だ）

森を進みながら、奇襲でゴブリンたちを倒すことしばし。

俺たちは最初の壁にぶつかっていた。

視線の先遠くの方には、先ほどまで遭遇してきたゴブリンたちとは一線を画す存在感を放っている魔物の姿がある。

筋骨隆々《きんこつりゅうりゅう》の、どちらかと言えばオーガと言われる方が納得してしまうような見事な体軀《たいく》。

六つに割れた腹筋を持つあいつは、間違いなくCランクのゴブリンリーダーだ。

ゴブリンリーダーがこういう形で森に出向いているということは、あいつが群れのトップではないってことだろう。

ここはまだ森の最奥にはほど遠いし、群れ全体を統率していると考えるには周囲にいるゴブリンたちの数が少ない。

つまり彼らを統べるのはやはりゴブリンリーダーよりも上……ギルドの幹部らが想定していた通りの、ゴブリンキングってことになる。

ゴブリンリーダーがいたのを確認したことだけで、俺の指名依頼は完了したと言っていいだろう。

さすがにゴブリンキングを直《じか》に見たら、生きては帰れないだろうし。

ただここ、まだノイエの森の半ばあたりだぞ。

いったいどれくらいのゴブリンがいるんだ……ちょっとこれは本格的にマズいかもしれないな。

（……チェンバーさん、一部がこっちに来ます！）

俺が思考を止めて顔を上げると、たしかに群れが二つに分裂していた。

ゴブリンソードマンたちがまとめる十匹前後の群れと、ゴブリンリーダー率いる十五匹程度の群れに分かれたのだ。

これは……俺たちにとっては僥倖《ぎょうこう》だろう。

さすがにあの集団全部を相手にしていては勝てなかったが、分散してくれたのなら俺たちでも十分戦える目が出てきた。

どっちか片方……もし可能なら両方とも、俺らの経験値にしてしまいたい。

今後もゴブリン討伐を続けるのなら、レベルアップをしておくに越したことはないからな。

じっと息を潜め、俺たちの方へとやってくるゴブリンリーダーたちから身を隠す。

Cランクの魔物と言えど感覚はそこまで鋭くないようで、無事にやり過ごすことができた。

まず倒すのは、ゴブリンソードマンたちの群れだ。

ゴブリンソードマンならば、群れていたところで俺だけで十分対処できるからな。

ゴブリンリーダーたちの姿が消えてからしばらく待ちの時間が続く。

じっとりと額に汗がにじんだ。

リーダーが戦闘の音に気付かなくなるのは、果たしてここからいったいどれくらい離れたらなのか。

あまり時間をかけすぎれば戻ってきてしまう可能性も高いため、待ち続けるわけにもいかないのが面倒なところだ。

（よしっ、行ってくる！）

（何かあったら、ライトアローを撃って異変を知らせますので！）

俺はアイルを背にして、ゴブリンたちの群れへと駆けていく。

今回は数も多く、周囲全体に注意が散っていたため、接近に気付かれるのがいつもよりも早かった。

結果として俺がゴブリンたちの集団に辿《たど》り着《つ》いた時には、既に四匹のゴブリンソードマンが互いに距離をとりながら俺を包囲しようという構えを見せている。

レベルアップを重ねて、身体能力が全て倍近くまで上がっているとはいえ、さすがに一対四で戦うのは分が悪い。

それにこれは正々堂々とした勝負でも決闘でもなく、ただの殺し合いだ。

バカ正直に戦う必要はない。

包囲を徐々に狭めようとするゴブリンソードマンたちにジリジリと近付いてから……咄嗟《とっさ》に反応不可能な速度を出し、右側へと向かう。

右側の二匹のゴブリンソードマンが即座に迎撃の構えを見せる……が、一対二なら俺に分がある。

振り下ろした剣と振り上げた剣が俺目掛けて放たれるが、連携は大したことはない。

十分に余裕を持って右側の奴の攻撃を避け、左側の奴にカウンター気味に剣をぶち当てる。

「ふんぬうぅっっ！」

いつもと違う、全力でのぶちかまし。

ソードマンは剣で迎撃しようとするが、膂力《りょりょく》ならこちらに分があるのは検証済み。

俺はこちらに向かってくる剣ごと、その身体《からだ》を左へ吹っ飛ばした。

ゴブリンソードマンの向かう先は、左側にいた二匹のゴブリンソードマンたち。

俺を包囲するために動こうとしていたソードマン二匹の腹に、横っ飛びになった同胞の身体がぶち当たった。

「ギイィィイッ！」

ラッキーなことに、そのうちの一匹に元々持っていた剣が刺さったらしい。

これでかなりのダメージを与えられたぞ。

三匹が一纏《ひとまと》まりになっているうちに、次撃に移ろうとしていたゴブリンソードマンに大剣を振り下ろす。

腕によるガードも虚《むな》しく、俺の一撃が頭部に当たり、ゴブリンソードマンが息絶える。

そして俺はくるりと振り返る。

振り向きざま確認したが、ゴブリンたちがこちらに向かってくる様子はなかった。

なんとかして起き上がろうとしている奴と、腹に剣が突き立った奴を放置し、同胞が腹にヒットこそしたものの未《いま》だ大した怪我を負っていない残ったゴブリンソードマンを次のターゲットに定める。

一対一なら後れを取るわけもなく、一匹を簡単に沈める。

そして残るは手負いのゴブリンソードマン二匹と、既に逃げる準備を始めているゴブリンたちのみ。

俺は一切《いっさい》の容赦なく、彼らを殲滅することに成功した。

さて、これであとの問題はあのゴブリンリーダーたちを倒しに行くか、だな……。

アイルと身を隠せる岩陰に潜んでから少しだけ話し合った結果、今日はこのまま急ぎ帰ろうということになった。

何せ既に、Dランクパーティーが消息を絶っている。

だから、ゴブリンリーダーの強さを甘く見積もりすぎない方がいいだろう。

幸い、ゴブリンリーダーが仲間を殺されたことに気付き、俺たちを追いかけてくることはなかった。

というわけで俺たちは深入りはせずに引き返し、ノイエの森の北の方でできる限りゴブリン狩りに勤《いそ》しみながら帰還することにした。

この依頼をこなすだけで、とんでもない量のゴブリンを倒している。
おかげで俺もアイルもレベルが上がった。
冒険者ランクは、そのまま魔物の討伐ランクになる。
ゴブリンソードマンはDランク、討伐ランクはゴブリンよりも一つ上だ。
どうやら倒す魔物のランクが上がれば、その分もらえる経験値も増えていくらしい。

ステータス

チェンバー　レベル6

ＨＰ　72／72
ＭＰ　1／1
攻撃　25
防御　28
素早さ　14

魔法

ライト

ステータス

アイル　レベル5

HP　32／32

MP　29／29

攻撃　7

防御　17

素早さ　11

魔法

レッサーヒール

マジックバリア（小）

ライトアロー

ちなみに今回は新たな魔法や能力は手に入らなかった。

さて、さっさと報告に行かなくちゃな――。

◇◆◇

「なるほど……となると、やはりゴブリンキングがいそうですね」

「やっぱりそうなりますよね」

今度はアイルを伴って、俺はギルドの幹部の人へと報告に出向き、話し終えた。

どうやら幹部の彼――そう言えば名前はシリヌイさんというらしい――は、首に手を当てて何かを考えている。

俺は調査を命じられただけの一冒険者。

偉い人が何を考えているかまではわからないし、知る必要もない。

言われたことに従うだけさ。

「現在、ランブルの街に冒険者たちと騎士団が向かっているという話は聞いているでしょうが……チェンバーさん、あなたにはそれに先んじる形で、ゴブリンたちをできる限り間引いていただきたい」

「他のCランクパーティーも動かすべきでは？」

「彼らはゴブリンキングがいるという話を耳にした時点で、既にランブルからいなくなっています。正真正銘、あなただけがこの街にいるCランク冒険者です」

「それは……」

冒険者というのは危険に敏感だ。

というか、鈍感な奴から死んでいくから、敏感な奴しか生き残らない。

しっかりと目端が利《き》く奴は、既にランブルを後にしている。

つまりは、まあ……そういうことだ。

恐らくは騎士団も増援の冒険者も、来るにはまだまだ時間がかかる。

それまでランブルが持ちこたえられる可能性は低いと、そう考えてこの街を去ったのだろう。

ああ、正しい判断だよ……クソッタレ。

――自分の身を、守る上ではな。

冒険者をやっていれば、無理や理不尽というものには多々出会う。

だから皆、そういうもんに巻き込まれないように、常に些細《ささい》な情報も逃さぬよう、注意を払っているわけだ。

冒険者なんか十把《じっぱ》一絡《ひとから》げ、死んでも代わりはいる。

命の価値が低いせいで、自力では勝てないような奴に挑まなければならない事態に陥《おちい》るようなことだってあるんだ。

……まさに今の俺みたいにな。

大半の冒険者は何よりも、自分の命を優先させる。

けどそれは、自分以外の全てを切り捨てるということでもある。

街に暮らす人たちのことなんか気にせずに、あくまでも生き残ることの方が大事だと。

「わかりました、受けましょう」

「……そう言ってもらえて、助かります」

そして結果として、貧乏くじを引かされるバカがいる。

この俺みたいな、な。

けれどバカな奴の中には、ごく稀《まれ》にあらゆる困難を乗り越えることのできる奴がいる。

そいつをなんて言うか知ってるかい？

人はそういう類《たぐ》い稀なバカを――英雄と、そう呼ぶのさ。

俺の自慢の一つは、そんな英雄と一時でも共に、同じ道を歩むことができたこと。

俺自身は、そんな大層なものにはなれないかもしれない。

けれど俺にだって、やれることはある。

「無理はせず、できることをやっていこう」

「はい、二人ならできますよ、きっと……いや、絶対に」

こうして俺はアイルと共に、ゴブリンの討伐を行っていくことになった――。

まずは最初の目標を、ゴブリンリーダーを倒すことに設定した。

ゴブリンリーダーをなんとかできるかどうかは、今後を考えれば結構大切になってくるはずだ。

やはりゴブリンリーダーがいる群れは大きく、ゴブリンソードマンやゴブリンメイジたちの率いる群れは規模が小さい。

ゴブリンリーダーを倒せるかどうかで、ゴブリンとの戦い方は大きく変わってくるだろう。

ノイエの森の中程あたりを主な狩り場にして、俺たちはゴブリン狩りを続けていく。

ゴブリンソードマンやゴブリンメイジたちの経験値は、大体10～15くらいで、微妙にバラツキがあった。

ゴブリンの経験値は一律で3なことを考えると、個体としての強さが経験値に直結していると考えてよさそうだった。

今後の俺たちは可能な限りゴブリンを減らしていき、余裕があれば群れ全体の規模感なんかを探ったりしていくのが主な任務になる。

指名依頼としての報酬は、ゴブリン系の魔物の魔石を大体相場の二倍から三倍で買い取ってもらえるのと、ノイエの森を探索する度に一定の金が入ってくるという感じだ。

今回のゴブリン狩りは、ある程度注意を払って行う必要がある。

というのも、今の俺たちでは複数のゴブリンリーダーや、ゴブリンキングと遭遇した場合、まず間違いなくあっけなくやられてしまうからだ。

ゴブリンキングの知能がどれくらいかはわからないが、あまりにもゴブリンの個体数が減り続けていれば、さすがに何かがおかしいとは思うはず。

自ら出撃して敵をやっつけようとか考えられたら、俺たちは一巻の終わりである。

それなのでなるべく俺たちがどのあたりで活動しているのかを捕捉されないよう、ゴブリンたちと戦う場所は散らばるようにしていた。

けど森は広いしゴブリンは呆《あき》れるほどに多い。

こんなにいたら、森の食えるものを食い尽くすんじゃないかと思うくらいに多い。

とりあえずリーダーがいないならどれだけ数が多くとも戦うというやり方を繰り返し、俺たちはレベル上げに勤しむことにした。

そしてそろそろこれ以上魔石を入れると持ち運びがしんどくなるぞというくらいにバッグがパンパンになったところで、俺のレベルが上がった。

ちなみにそれよりも早く、アイルもレベルが上がっている。

ステータス

チェンバー　レベル7
ＨＰ　78／78
ＭＰ　1／1
攻撃　30
防御　31
素早さ　16

魔法
ライト

ステータス
アイル　レベル6
ＨＰ　35／35

ＭＰ　34／34
攻撃　8
防御　18
素早さ　12

魔法
レッサーヒール
ヒール
マジックバリア（小）
ライトアロー

二人とも順調にステータスは伸びている。

とりあえずゴブリンソードマンとゴブリンメイジの群れくらいなら、二人で挑めば全力を出さずとも楽々勝てるくらいには強くなれていた。

ステータスを見ればわかるが、一番の大きな変化としては、アイルがとうとうヒールを覚えたことが挙げられる。

今のところ俺はレベル5で、アイルは3と6で新たな力を手に入れている。

彼女が次に魔法を覚えるのは、レベル９かもしれないな。

まだまだ先の長い話ではあるが、目標があるのはいいことだ。


俺もレベルが７になって、結構強くなった。

今では攻撃の値なんか、最初にレベルアップをする前の四倍近い。

これだけステータスが上がっていれば……やれるはずだ。

レベルアップを一つの区切りとして、俺たちはゴブリンリーダーに挑むことを決めた。

さて、まず最初の目標を達成できるか。

自分の力を試す瞬間というのは、いつだってわくわくする。

こういうところで、やっぱり俺は――社会不適合者《冒険者》なんだって実感するよな。

ゴブリンリーダーは、元々統率している群れから小勢を率いて出ることが結構な頻度《ひんど》である。

どうやらゴブリンリーダーは何か問題が起こった場合、最初に自分が動こうと考えるようなのだ。

餌となる獣の狩りをしていることもあったし、群れの中で揉《も》め事《ごと》が起こった時は自分が出張り、力尽くで納得させたりもしていた。

なので今回は、このリーダー気質を利用させてもらうことにする。

（よし、頼んだ）

(任せて下さい)

ゴブリンリーダーが率いている群れを見つけるのは、それほど難しいことじゃない。

既に何個も確認したうち、俺たちが目をつけたのは中でも数が特に多いグループだった。

数は目算でも数十はおり、それをまとめるゴブリンリーダーは一匹のみ。

ゴブリンソードマンとゴブリンメイジが一匹ずついるだけで、あとは全部ただのゴブリンだ。

こういう、いざという時にそれほど戦力にならない者たちを多く抱えているグループほど、ゴブリンリーダーが単独行動をとってくれやすいからな。

俺たちは慎重に場所を選定してから、頷き合った。

(ライトアロー)

アイルがライトアローを放ち、遠くにある腐りかけの樹木に突き立てた。

彼女の魔法の威力は前と比べて明らかに向上しており、光の矢は樹木の芯近くまで届く。

そして既に内側が腐ってしまっている木は、その衝撃に耐えられずにバキバキと音を立て、周囲の木々の枝を巻き込みながら倒れた。

その大きな音に、ゴブリンたちの動きが止まる。

そして俺たちが想定していた通り、まずゴブリンリーダーがわずかな供のゴブリンを引き連れて倒木の方へとやってきてくれる。

グッグッと、大剣のグリップを握って感触を確かめる。

少しだけ浅い息で呼吸を繰り返し、肺の中を新鮮な空気で満たしながら、意識を切り替えていく。

アイルがかなり遠くの木を狙ってくれたおかげで、ゴブリンリーダーがこちらに背を向ける位置取りになった。

距離は一息で詰められる。

アイルに目配せをして、手はず通りにという意思疎通を行い、無言で頷き合う。

そして俺は大剣を構え——駆け出した。

ゴブリンリーダーは無防備な背をこちら側に向けている。

まずは一発——入れてやる。

「シイッ！」

「グガッ⁉」

振り上げた大剣を、背中目掛けて振り下ろす。

こちらに気付かず、ゴブリンリーダーは一撃をモロに食らった。背中が裂けて大きな傷はできたが、一撃では仕留めきれなかった。

そのままの勢いで二撃目に移ろうとするが……第六感に従い、即座にその場を飛《と》び退《の》く。

先ほどまで俺の身体があった虚空で、剣が空気を裂くぶぅんという音が鳴った。

不意打ちで重たい一撃を食らっても、咄嗟の反撃ができるだけのタフネス……。

なるほど、さすがCランクなだけある。

だが俺だって前はCランク冒険者パーティーの一員だったんだ。

魔物の人外じみたタフネスを見ても、ビビったりはしないさ。

ゴブリンリーダーは油断のない眼差《まなざ》しで俺の方をにらみつけている。

持っているのは厚手の長剣で、磨《みが》かれてはいないために若干錆《さび》が浮いている。

その柄や刀身には彫りがあり、ゴテゴテしている。

恐らくは倒した人間から奪ったものなんだろう。

(ゴブリンソードマンみたいにはいかないか……だが何も、決して無敵ってわけじゃない)

よく見れば、重心がかなり右側に寄っているのがわかった。

多分だけど、無意識のうちに攻撃を食らった場所をかばうような体勢になっているのだ。

まだまだ動けるとはいえ、奇襲は十分に役割を果たしてくれていた。

しっかりとダメージは通っている。

「シィッ！」

俺が振る大剣を避けようと、ゴブリンリーダーが右へ身体を曲げる。

身体ごと横に倒れ込むような勢いだ。

だがゴブリンリーダーは二足歩行の人型であっても、その力は人外。

物理的に不可能なはずの状態から、体重の乗っていない左足だけで身体を起こし、剣を振るおうとする。

俺もピタリと大剣の動きを止め、方向を転換。

振り下ろしから振り上げへと、腕の力だけで大剣を引き上げる。

レベルが上がって強化された今の腕力なら、鋼鉄製の大剣も木の棒のように自由自在に動かすことができる。

剣と剣が激突する。

重量差もあり、打ち勝ったのは俺の大剣の方だった。

けれどゴブリンリーダーの手から剣を取り落とすには至らず、わずかに姿勢を崩させるにとどまった。

そのまま、大剣自体の自重を加えた再度の振り下ろし。

狙うは下半身。

身体を捻《ひね》って勢いをつけて指向性を与え、しっかりとゴブリンリーダーを捉《とら》えられる軌道を想定し、なぞっていく。

ゴブリンリーダーの体勢は不安定。

今ならばしっかりと当たるだろう……と思ったが、やはり俺はどこかで、相手を人間に近いものと想定して戦っていた。

ゴブリンリーダーはそのまま跳躍。

信じられないことに、膝小僧《ひざこぞう》が俺の顔に当たるほどの大ジャンプだ。

ゴブリンリーダーは落下しながら、正眼に構えた剣を振り下ろしてくる。

その顔にはしてやったりという邪悪な笑みが浮かんでいた。

「ギギッ！」

俺は未だ下向きに斬撃を放った体勢のままで、攻撃のモーションが終わりきっていない。

このままだと相手の攻撃をモロに食らっちまう。

判断は一瞬。俺は剣を強引に振り上げ、そのままの勢いでぶん投げる。

身軽になったことでなんとかゴブリンリーダーの攻撃を避けてみせる。

そのまま軸足に力を込め、剣を飛ばした方向へ跳躍した。

人外じみた動きができるのは、お前だけじゃないぜっ！

レベルアップによって上がった筋力のおかげで、俺だってありえない動きもできるんだからな。

跳躍しながら、空中の大剣の柄を掴《つか》む。

そして地面に着くと同時に、反転。

飛び斬りを終えて上体を起こそうとしているゴブリンリーダーへと向かっていく。

体勢を直す暇がないと悟ったゴブリンリーダーが、その体勢のまま足のバネを使って剣を振り上げる。

対する俺は、自分の走る速度と体重、そして俺自身の腕力を重ね合わせて一撃を振るう。

俺の放った一撃は――ゴブリンリーダーの剣に当たるが、それでも勢いは止まらない。

刃は剣を持つ腕へ激突し、最後にはゴブリンリーダーの腹部に突き刺さった。

ドゴォッ！

鈍い音がこちらの耳に聞こえてくるほどの、我ながら会心と思える一撃。

ゴブリンリーダーは口から血と唾液の混じったピンク色の液体を吐き出しながら、その身体を浮き上がらせる。

追撃。

二撃、三撃、四撃。

剣を鈍器のように振るい、上げては落とす。

ゴブリンリーダーの身体をかち上げ、地面に倒れ込んだところに上からの振り下ろし。

ゴブリンリーダーは身体の作りがよほど頑丈なのか、頭部に思い切り一撃を入れても頭が凹《へこ》むだけだ。

俺はまるで金属の塊でも叩いているかのような重い手応えを感じながらも、相手に反撃のチャンスを与えぬよう、徹底して無駄のない一撃を叩き込み続ける。

するとようやく、ゴブリンリーダーが地面に倒れ動かなくなった。

周囲の様子を確認すると、当初俺たちを遠巻きにしていたはずのゴブリンたちの姿は、既になくなっていた。

どうやらアイルが、しっかりとゴブリンたちを間引いてくれていたらしい。

これで……ちゃんとした一対一の対決であれば、問題なく倒せるってことがわかったな。

結果だけ見れば、俺はほとんど無傷だ……結構危ないところもあったから、できればもう何回かやってゴブリンリーダーの動きに慣れておきたいところだな。

見れば遠くから、俺たちの戦いの音を聞きつけたゴブリンソードマンたちがやってくる。

その姿を見て、俺は気付けば舌なめずりをしていた。

……俺もマーサたちみたく、『レベルアップ』スキルで人が変わり始めているのかもしれない。

今の俺にはやってくるゴブリンたちの群れが、経験値にしか見えないし。

俺は遠くにいたアイルとアイコンタクトを交わし、ゴブリンの群れへ、休みも入れずに突撃する――。


ゴブリンリーダーの群れを討伐できた時点で、一度ギルドへと戻ることにした。

ちなみに既に、アイルのレベルは上がっている。

一回の往復でレベルが上がるとは……ゴブリンリーダーを倒して得られる経験値は、かなり多いってことだろうな。

これで彼女も俺と同じく、レベルが7になった。

ステータス
アイル　レベル7
ＨＰ　38／38
ＭＰ　40／40
攻撃　9
防御　19
素早さ　13

魔法
レッサーヒール
ヒール
マジックバリア（小）
ライトアロー

新たな発見としては、彼女のＭＰが6上がったことだろうか。

今まで二人とも最大で5までしか上がったことがなかったから少しびっくりした。

もしかしたら運がいいと、一度に7や8とか上昇することもあるのかもしれないな。

「これでチェンバーさんと同じレベルになれました！」

「……そんなに嬉《うれ》しいことか？」

「ようやくチェンバーさんと肩を並べられたんです。大怪我をしても安心して下さい、きっと私が治してみせますから！」

「最近はアイルのおかげで、傷が身体に残らなくなってきた。感謝してるよ、ホントに」

魔法は使用するMPというのがあらかじめ決まっているようだ。

普通の魔法使いは自分の体内にある魔力の残量は目では見えないから『あと何発くらいなら打てそうだ』という感覚で理解する。

事実アイルもステータスが見られるようになるまでは、そうしていたらしい。

けれど今の彼女は、自分が持っている魔力と、魔法を使うのに必要な魔力を具体的な数字で見ることができるようになっている。

魔力量がしっかりと把握できるようになったおかげで、以前よりも魔法を使うタイミングが上手《うま》くなったり、魔法の練習を効率的に行えるようになったんだとさ。

そのおかげで、最近アイルの回復魔法の腕はメキメキ上達中だ。

使う魔力は一緒でも、やっぱり習熟していくうちに威力や効力は上がっていくらしいからな。

ちなみに一度の回復魔法で傷が治せない場合は、何度も繰り返しかけることで徐々に治していく。

「ヒールを何回か連続して使えば、多分骨折くらいまでなら治せます」

最近、アイルは、自信ありげにこう言っていた。

まだ大きな怪我をしたことがないからなんとも言えないが、いざという時は頼らせてもらおう。

そんな日がこないのが、一番なんだけどさ。

◇◆◇

「ゴブリンリーダーを倒した、ですか……」

ギルド幹部のシリヌイさんは、俺たちが持ってきたゴブリンリーダーの魔石を見て少し驚いたような表情を浮かべている。

無理はしないとあらかじめ言ったはずなのに、今の俺たちのランクからすると無謀とも思えるゴブリンリーダー狩りをしてきたことが、予想外だったようだ。

ギルド側の資料ではただのCランクパーティーを追い出された男と、Dランクパーティーを追い出された女ってことになってるだろうからな。

レベルが上がって俺たちはどんどん強くなっているわけだけど、ギルド側はそれを今回初めて知ったってわけだ。

「だとすると、アイルさんをCランクに上げてもいいかもしれませんね」

「いいんですか、そんな簡単に決めてしまって」

「……ここだけの話、Cランクが一人でも多くいてくれた方が、ギルドとしても面目が立ちますから。さすがにCランク冒険者が全員逃げ出してしまったというのは外聞も悪いですし……」

やられる危険を考慮して、指名依頼が入る前に逃げていってしまった冒険者たち。

多分追って罰則金なりランク降格なりは入るだろうが……全員ふん縛って連れてくるってのができないのが、ギルドの悲しいところだ。

ギルドは互助組織で、冒険者たちを強引に動かすだけの強制力はない。

しかも冒険者ギルドは街一つにつき一つまでしか支部を立てることができないため、ランブル支部としても、ある程度ギルドとしての体裁《ていさい》や面子《メンツ》を保たなくてはいけないのだ。

これがギルドがその土地に根付く冒険者たちを育てようとしている理由の一つでもある。

自分の生活圏を守るためなら、命を張るって奴らも出てくるからな。

「現状、街と森の境目に柵や土嚢《どのう》、落とし穴などの防衛設備を建築中です……とにかく私たちに必要なのは時間ですので」

「了解です。自分たちも無理しない程度に頑張りますよ」

立ち上がり、宿に帰ろうとする俺を、シリヌイさんが引き止めた。

「ゴブリンリーダーを倒すのは、無理ではないのですか？」
振り返りながら、俺は笑う。
無理じゃないさ。
俺とアイルなら、まだまだやれる。
「できることをコツコツやっているだけですよ、俺たちは」
その言葉にシリヌイさんは、「そうですか……」とだけ言い、頷いた。
俺たちは今日の疲れを取ろうと、ギルドを後にする。
まだまだ明日からも戦いは続く。
とにかくできることを続けていかないとな。
けど、どうしてだろう。
街が危機的状況だっていうのに、この状況をどこか楽しんでいる俺もいるんだ。
強くなっている実感っていうのは、こんなに人を変えるんだな。
明日はゴブリンリーダーを二匹、狩ってみせる。
次はもっと上手くやってみせるさ。

◇◆◇

二度目のゴブリンリーダーとの戦いに入る前に、もう少しアイルとの連携を上手くしておこうという話になった。

今のアイルの攻撃は9。

実は値だけを見れば、レベルが上がる前の俺よりも高いのだ。

おまけに防御と素早さも格段に上がっているため、恐らく今のアイルであればゴブリンソードマンやゴブリンメイジを相手にすることは十分にできる……はず。

今まで彼女には普通のゴブリンをライトアローで遠くから倒してもらっていたが、今日は一度アイルに直接戦闘を任せ、ゴブリンソードマンの率いる群れを相手に、どこまでやっていけるかを試してみようということになったのだ。

もちろん、何かあった場合は俺が即座に助けに入らせてもらう。

でも多分、その必要もないと思うんだよな……。

（では、行ってきます）

（おう、ファイトだ）

（はいっ！）

いつもとは逆で、俺がアイルを送り出す側だ。

地味にこうやってアイルが戦う姿をじっと見るのは、今回が初めてだ。

アイルもいっつもこんな風に、俺のことを見ているんだろうか。

俺に見えているのは背中だけだというのに、何故かアイルがとても頼もしく見える。

追放され、縋《すが》るために伸ばそうとしていた手を、おそるおそる引っ込めていた時とはまるで別人のようだ。

顔は見えないが、今のアイルが目をキッと見開き、戦うために全神経を集中させているのが俺にはわかった。

今回の敵はメイジが二匹、ソードマンが一匹、通常のゴブリンが六匹。

群れの規模としてはまあ普通って感じだ。

アイルはまず、相手に気付かれないラインまでぐんぐんと距離を縮めていった。

その足取りには、まったく躊躇《ちゅうちょ》がなかった。

多分どのあたりでゴブリンたちが勘付くかを、俺の戦闘を見て覚えているからだろうな。

アイルはズンズンと進んでいき、そしてゴブリンたちが気付くより早く魔法を放つ。

「ライトアロー！　――ライトアロー！　――ライトアロー！」

若干ラグこそあるものの、ライトアローの三連発か！

魔法を連発するのにはコツがいるってマーサに聞いたことがあるが、アイルはもうそんなテクニックまで身につけてたんだな。

一発はゴブリンソードマンの頭に吸い込まれるように飛んでいき、そのまま突き立った。今のアイルのライトアローなら、間違いなく脳まで届いているだろう。

これで一番不安だった近接戦闘が得意なソードマンを潰せた。

続く二発目は、ゴブリンメイジの胴体に突き立った。

メイジはさほど防御力が高くないし、怪我を負っていると魔法を使えるようになるまでに時間がかかるようになる。

これで無力化したも同然だ。

そして三発目は、さすがに対応された。

もう一匹のゴブリンメイジはひらりとライトアローを避け、アイル目掛けて魔法を放つべく杖を掲《かか》げる。

アイルはそれを見て――更に前に出た。

おいおい、強気だな。

「ギアッ！」

ゴブリンメイジが初級火魔法であるファイアアローを放つ。

アイルはそれを、スッと容易《たやす》く避けてみせた。

今の彼女の素早さは13だ。

値はレベルアップをする前の倍近い。

下手に重たい得物を持っていない分、多分アイルの方が今の俺よりも素早いだろう。

それだけのスピードが出せるのなら、見てファイアアローを避けることもできるだろう。

俺も似たようなことはできるしな。

アイルは攻撃を避けながらも前進を止めない。

「ライトアロー！」

そして今度は避けられない距離から、ライトアローを放ちしっかりとゴブリンメイジに命中させる。

その飛んでいくスピードは、最初に俺が見せてもらった時よりもずっと速くなっていた。

今度は避けることができなかったゴブリンメイジが、ぐらっと倒れる。

彼女は周囲にいるゴブリンに注意を向けながらも、倒れたメイジの頭に杖の石突きを刺してしっかりとトドメを刺した。

彼女が持っている杖は、石突きが尖《とが》っており、鉄で補強されている。

いざという時は武器としても使えるようになっているのだ。

ただ今後の戦いのことを考えると、杖は新調してもうちょっといいものにするべきかもしれない。

今の彼女なら、鉄製の杖でも問題なく使いこなせるんじゃないだろうか。

杖術《じょうじゅつ》なんてものもあると聞いたことがあるし、杖でも接近戦はできる。

アイルの場合回復役も兼ねているから、ＭＰを使わずに攻撃できる手段をしっかりと持っておいてもらった方が、ゴブリン狩りがスムーズに続くはずだ。

俺が色々と改善案を脳内でこねくり回して顔を上げると、討伐を終えたアイルがこちらに向けて手を振っていた。

俺は笑顔の彼女に釣られて、笑いながら魔石採取に向かうのだった――。

◇◆◇

二匹目のゴブリンリーダー狩りは以前と同様の手法で行うことにした。

まず最初にゴブリンリーダーを誘《おび》き出《だ》し、討伐。

そして次にやってきた群れの残りを殲滅、というやり方だ。

今回少し変えたのは、俺が一回目ほど無理をしないところである。

俺は『暁』にいた頃のように、タンクのような戦い方をしていた。

相手側が焦《じ》れるように攻撃をかわしたり、ヒヤリとさせるために時折重たい一撃を挟んだりする形で、時間稼ぎ……それほど時間が経《た》ったわけでもないのに、もうずいぶんと昔のことのように感じてしまう。

どこか懐かしさすら感じさせる攻防を行いながら、無理のない範囲で攻撃を繰り返す。

一回目のように、強引な動きをして怪我覚悟の無理な攻め方はしない。

あくまでも小さな攻撃を積み重ねていくことを意識した。

そんな攻防を繰り返し、攻めあぐねるゴブリンリーダーに切り傷をいくつかつけたところで、待望の声が聞こえてくる。

「ライトアロー！」

周囲にいたゴブリンたちを処理したアイルが、こっちの戦闘に参加したのだ。

前回はアイルが下手に狙われぬよう短期決戦を狙ったが、今回は二人で確実にゴブリンリーダーを仕留める。

事前の取り決め通り、アイルにしっかりと適切なタイミングで攻撃を入れてもらえた。

「ギィアアアアッ‼」

アイルの放ったライトアローが、完全に俺に意識を向けていたゴブリンリーダーの背中に突き立つ。

突如やってきた痛みに不意を突かれ、苦悶《くもん》の声を上げたその隙《すき》を見逃しはしない。

これだけの名アシストを受けて、ミスるわけにはいかない。

「シッ！」

足を払うように放った一撃を、後方に注意が向いたゴブリンリーダーは予測することができなかった。

インパクトの瞬間、柄に強い力が掛かる。

そのまま振り抜くと、ゴブリンリーダーの足が叩かれた方へ飛んでいく。

「グギャッ⁉」

バランスを失い、ゴブリンリーダーが地面に倒れていく。

そのまま身体を捻り、回転しながら受け身をとろうという動きだった。

大した知恵もないくせに、こと戦闘に関しては武芸者のような体捌《さば》きだ。

けれどその回避軌道ならば、問題ない。

「ライトアロー！」

再度放たれる光の矢は、地面に倒れていくゴブリンリーダーに刺さる。

俺の方へ向けていた意識を、ライトアローでまたアイルへ向ける。

不意打ちを食らった背中側へ注意を向けたところに、再度の一撃。

次撃を食らわぬように受け身を取ろうとするその意識すら利用して、アイルの魔法を入れる。

——よし、ここしかないっ！

「らあああああぁぁあっ！」

頭部へ一撃をヒットさせる。

人型魔物の身体構造は、人体とさほど変わらない。

強靱《きょうじん》とはいえ、あくまでも脳は頭の中にある。

これ一撃でやられずとも、衝撃を通せば一瞬でも意識を刈り取れることは、前回の戦いを経たおかげでわかっている。

ゴブリンリーダーの身体がよろめく。

そこに攻撃を加えていく。

俺を邪魔しないようにか、頻度は低いが、しっかりとしたコントロールでライトアローが時たま飛んでくる。

攻撃、攻撃、間髪入れずに攻撃。

相手に一切の抵抗の隙を与えることなく、今回はアイルの分も増えた手数でより効率的に衝撃を与えて動きを鈍らせ、ダメージを入れていく。

「グ……ギィ……」

以前と違ってヒヤリとするような場面もなく、ゴブリンリーダーを潰すことができた。

二対一でやれば、割と余裕を持って戦えるんだな。

ただこの調子だと……さすがにまだ、ゴブリンリーダー二匹以上の群れとの戦いは厳しいか。

次の目標は、ゴブリンリーダー二匹を相手取って戦えるようにすること……だな。

なのでゴブリンリーダー二匹以上を抱えている群れを倒す方法について考えることにした。

まず一番最初に思いつくのは、二人のレベルアップだ。

今戦って余裕を持って倒せたので、俺のレベルが8になれば更に余裕を持って戦えるようになる。

俺がレベルアップをするまでに必要な経験値は、あと200ちょっとだった。

やっぱりゴブリンリーダーは300前後の経験値があるみたいだ。

群れをいくつか潰せばすぐに上がるだろうということで、一番最初にこれを済ませてしまう。

そして俺がレベルアップしたらアイルもあと少しだということで、日暮れまで粘って彼女のレベルも上げた。

ステータス

チェンバー　レベル8

HP　83／83
MP　1／1
攻撃　34
防御　33
素早さ　18

魔法

ライト

ステータス

アイル　レベル8

ＨＰ　41／41
ＭＰ　45／45
攻撃　11
防御　20
素早さ　14

魔法
レッサーヒール
ヒール
マジックバリア（小）

ライトアロー

俺は相変わらずＭＰは増えないが、その他の値は順調に伸びている。

アイルは全ての値が順調に伸びている。

こうやってレベルが上がってくると、各々《おのおの》がどういうことに向いているのかも見えてくるな。

俺は近接戦ができるだけの攻撃と防御があるが、素早さは遅め。

必然、扱う武器は手数で敵を翻弄《ほんろう》する双剣や片手剣ではなくて、一撃がでかい大剣等になる。

そしてアイルは全体的にステータスは俺より低いが、その分大量のＭＰがある。

後方で攻撃を食らわないようにしながら、魔法で支援をするのに適した成長をしている。

さて、レベルも上げたところでどうやって二匹相手に勝つか……と考えた時に、活路になりそうなものが一つあった。

俺たちの耐久値――つまりはＨＰだ。

これがどのようなものなのかを、そろそろ知っておくべきかもしれない。

使える物は全て使わなければ、今の俺たちじゃゴブリンリーダー二匹以上の群れには勝てない。

今の俺とアイルは『無理せず逃げろ、命大事に』をモットーにやっているせいで、そもそもの話ダメージを受ける機会があまりない。

かすり傷を作るとＨＰが１減ったりすることは知ってはいるんだが……どうせなら今後のことを

考えて、一度確認してみた方がいいな。

「一度ゴブリンソードマンあたりと戦って、試してみる。身体は俺が張るから、アイルは後でちゃんと治してくれ」

「はい、任せて下さいっ！　仮面の辻《つじ》ヒーラーとして練習を重ねたこの私にっ！」

最近ランブルで聞く、無料で治してくれると噂の回復魔法使い。

あれ……アイルだったのかよ。

◇◆◇

「グギャッ！」

「ぐうっ――っ！」

「ギギッ！」

「がはっ⁉」

俺はゴブリンソードマンに何度も斬られながら、その度にステータスを見てはＨＰというものがなんなのかを身体で学んでいた。

この数値は、これまで俺が想像していたものとは、まったくの別物だった。

簡単に言えば……俺の皮膚の上にある透明なアーマー、といった感じだ。

ＨＰがある限り、俺の身体の上には透明な膜がある。

そしてそれが俺の肉体を襲うダメージの一部を、肩代わりしてくれるのだ。

例えば、俺がゴブリンソードマンの斬り付けを食らったとする。

そのダメージを3としよう。

するとそのうちの2がＨＰによって肩代わりされ、俺の身体には1のダメージが通る。

ＨＰの仕組みは、簡単に言えばこんな感じだった。

ＨＰが全てのダメージを肩代わりしてくれる太っ腹な時もあれば、半分くらいしか減らしてくれないケチな時もある。

ゴブリンソードマンによる攻撃を受け続ける、体当たりで行った俺の検証では、そうなる条件は明らかにならなかった。

だがこれ、結構有効な力だぞ。

要はＨＰがある限りは、俺たちが食らうダメージは最低でも半分になる。

半減してくれるんなら、多少の無茶をして攻撃を受けるだけの余裕はある。

そしてＨＰに関して更にわかったことが一つ。

アイルが使うヒールは、俺のＨＰと肉体そのもの、両方を癒《い》やしてくれるということだ。

これはレベルアップの時と同じだ。

俺の肉体のダメージと減っているＨＰの両方を、レベル上昇は回復してくれる。

身体の傷も治りＨＰも全回復するのだから、俺は肉体へのダメージ＝ＨＰ消費とばかり思っていた。

まったく、ややこしいシステムだ。

さて、でもこれで俺は彼女から定期的にヒールを受けることができれば、継戦《けいせん》に関してのあれこれをあまり心配しなくてもよくなる。

アイルさえいれば、俺が無理をしても彼女の魔法でカバーできるからだ。

ゴブリンリーダー二匹がまとめる群れを仕留めるためには、このＨＰの仕組みを有効活用する必要があるだろう。

無理押しも利きそうだし……うん、一度やってみるか。

でもやっぱり、ちょっと不安はあるな。

俺たちは勝てる敵だけを選んで戦ってきた。

そのためゴブリンリーダー二匹が率いている群れを見ると、さすがに不安に襲われそうになる。

まず手下の数がべらぼうに多い。

ゴブリンソードマンも十は下らないし、ゴブリンの数も三十近いんじゃないか。

戦い方は以前の形を踏襲する。

魔法で問題を起こし、ゴブリンリーダーを一匹ずつバラしてから戦う普段通りのやり方だ。

しかし、少し予想外のことが起こった。

ゴブリンリーダーたちはそれぞれのグループに分かれるのではなく、ゴブリンリーダー二匹とそれ以外という形で分かれたのだ。

ゴブリンリーダーは問題が起こると真っ先に自分がそれを解決しに行こうとするが、まさか二匹いた場合には一緒に行こうとするとはな……。

だがこれはチャンスだ。

いつもの通り、ゴブリンリーダーはそれぞれわずかな供回りしか連れていない。

つまるところこれは、ゴブリンリーダー二匹を相手取って戦える理想的な環境だ。

俺たちは早速行動を開始することにした――。


ゴブリンリーダー二匹を相手取る場合、最初からアイルを参加させるわけにはいかない。

今の彼女はレベルアップをして強くなっているとはいえ、ゴブリンリーダーを相手にして戦い抜けるだけの戦闘能力はまだないからだ。

なので俺がまずはなんとかして、ゴブリンリーダーたちを相手取る必要がある。

だから前に出たんだが……そこで感じたのは、違和感だった。

けれど今回の場合は、どちらかと言えばいい意味の方のだ。

（……妙だな）

以前と比べると明らかに、俺のスニーキング能力が上がっていた。

特に歩法を意識しているわけでもないのに足音が自然と立たなくなったりしているし。

多分それは、レベルアップによる素早さや攻撃の上昇で俺の能力が上がったからだろう。

この足音の方は、少し考えれば別段おかしくはないってことに気付く。

俺がより気になったのは、ゴブリンリーダーがこちらに意識を向けるのが、前と比べると明らかに遅くなっている点だった。

(もしかしたら……隠密《おんみつ》、みたいな隠し能力があったりするのか？)

なんにせよ、より近付けるというのなら俺にとってはありがたい話。

ゴブリンリーダーたちがこちらに気付いた時には、既にそこは大剣の間合いだった。

「シイッ！」

一撃。

レベルアップで強化された腕力による攻撃は、以前よりも速度を増し、ゴブリンリーダーの頭部を捉える。

「グガァッ⁉」

吹っ飛ぶゴブリンリーダー。

そこにもう一匹のゴブリンリーダーがカバーに入ろうとする。

げに麗《うるわ》しき仲間意識じゃないか。

見れば、俺が吹っ飛ばした奴は脳しんとうでも起こしているのか、明らかにぐわんぐわんと目を回していた。

できればこいつが回復しきる前に、あとの一匹を処理してしまいたいところだ。

十全の状態のゴブリンリーダーと向かい合う。

そしてどちらからともなく駆け出した。

細剣のように軽々と大剣を操ることができるからこそ、こちらを斬り付けようとするゴブリンリーダーと同じだけの速度が出る。

大剣を中段に構えながら、最低限の動きで斬り付けようとする身体の動かし方だ。

二つの影が交差する。

俺はこちらに向けて剣を振るゴブリンリーダーの、その得物を狙って一撃を放つ。

ガィンと硬質な音を立てて、剣と大剣がぶつかる。

膂力は既に俺の方が上、ゴブリンリーダーは衝撃に身体を持っていかれた。

「ライトアロー！」

重心が高くなり、地面につま先立ちになっているゴブリンリーダーの頭部目掛けて、アイルが的確にライトアローを放つ。

上手いこと光の矢が、ターゲッティングをされたゴブリンリーダーの左目に突き立つ。

「グッギャアアアアッ！」

俺は即座に身体を右に倒し、ゴブリンリーダーの死角に入る。

そのまま狙うは——股下からのかち上げ！

見事に決まった。

攻撃を食らいがに股になっていたゴブリンリーダーに、しっかりと金的を決めてやった。

「グ、グギギ……」

頭部を叩かれても若干の脳しんとうで済むみたいだが、さすがに金的の痛みには耐えられないらしい。

頭部よりも局部を狙った方が効くっていうのが少し複雑だが、弱点はしっかり狙わなくちゃならない。

俺は股を押さえるその手を巻き込んで、再度局部を殴打する。

そして守るために体勢を変えようとすれば、即座に頭部を叩く。

頭を隠せば局部が隠せない。

局部を守ろうとすれば他がおろそかになる。

以前よりも少なく都合五発ほどで、ゴブリンリーダーをノックアウトすることができた。

倒れたゴブリンリーダーに、大剣の振り下ろしを二発入れると、さすがに倒すことができた。

見れば残る一匹の方には、頭部と局部に何本もの光の矢が立っており、完全に串刺しになっていた。

脳に打撃の衝撃を通すよりも、光の矢で貫通した方が早いらしい。

局部と頭部を打ち抜かれたゴブリンリーダーは明らかに絶命していた。

ライトアローをしっかりと狙った場所に当てられるなら……アイルも十分ゴブリンリーダーを倒せるってことだな。

今後二匹以上を相手取る場合は、まずは俺が一匹に不意打ちを決めて意識を刈り取る。

そしてもう一匹を倒している間に、動きがとろくなった方のゴブリンリーダーと、周囲にいるゴブリンたちをアイルに仕留めてもらう……って感じになりそうか。

残っていたゴブリンを蹴散らし、俺たちは合流する。

アイルの様子を見て、俺は彼女の異変に気付く。

いつにも増して疲れているように見えるのだ。

そして彼女の修道服に、いくつかの破れがあった。

どうやらゴブリンリーダーにトドメを刺すことを優先させたために、ゴブリンへ完全な対応ができなかったようだ。

そして結果として大量のライトアローや、自分にかけたヒールと、相当な回数の魔法を使った。

疲労が顔に浮かんでいるのは、恐らくそのためだ。

やっぱり……二匹以上を相手にすると完全にこっちだけで攻撃を引き受けるのは難しいか。アイルも攻撃されるのは覚悟しないといけなそうだ。

けれどそれなら、万が一のリスクもある。

やっぱりなんとかして上手い分断の手を……と言おうとしたんだが、その言葉を口から発するよりも、アイルが口を開く方が早かった。

「やりますよ、私も戦います。いつまでもチェンバーさんの傷を治すだけじゃ嫌です。守られてるだけじゃ嫌です！　私だって――私だって戦えるんです！　次は私が、チェンバーさんを守ります！」

その覚悟の籠《こ》もった瞳を見て、否と言えるはずがない。

思い返してみれば。

俺はアイルに手を差し伸べてからというもの、彼女をほとんど矢面に立たせずに戦ってきた。

危険があれば俺がまず先に出て。

彼女には危険が迫らない範囲で、攻撃や回復をさせてきた。

アイルにとってきっとそれは、忸怩《じくじ》たるものだったんだろう。

だって俺らは――同じパーティーだ、命を懸けて高みを目指す仲間なんだ。

だったら俺も、アイルのことを信じてあげなくちゃいけないよな。

こうして俺は、今後も積極的にゴブリンリーダーたちを狩ろうという方針を変えずにいくことにした。

なんとしてもゴブリンリーダーを狩りまくって、レベルを上げなくちゃいけない。

きっとそうしなければ、俺たちはゴブリンキングを前にして、逃げることもできないだろうから……。

◇◆◇

複数匹のゴブリンリーダーを相手にするにあたって、今後はアイルも攻撃にさらされることが、前回の戦いでわかった。

そのためアイルには修道服の下に、チェインメイルを着てもらうことにした。

女が身に着けるにはちと重いぞ、と鍛冶師の人はしぶしぶ引き受けていたが、着る前と変わりなく普通に走ったりもできるアイルを見て口をあんぐりと開けていた。

フォークよりも重いものが持てなそうな、いかにもプリースト然とした格好をしたアイルが、案外パワー系で驚いたんだと思う。

俺たちは最近、最低でも二匹はゴブリンリーダーを狩って街へ戻ってきている。

最初は半信半疑というか、若干俺たちの実力を疑っていたシリヌイさんも、最近は何も言わずに、にこっと笑うだけになった。

もっとも俺たちが持ち帰る魔石の数が一向に減らず、むしろ増え続けている様子を見て、冷や汗をかいていたけど。

「こ、これだけ大量のゴブリンが森から溢れていたとしたら……ランブルの街は、間違いなく地図から消えていたでしょう」

彼は俺たちが帰ってくる度に、ありがとうと労《いたわ》ってくれるようになった。

まあ言ってくれるだけで別に報酬が上乗《うわの》せされたりするわけじゃないんだが、人から感謝されるのは、その裏に打算があろうとも悪くはないもんだ。

俺たちは毎日複数匹のゴブリンリーダーを倒し続けている。

おかげでレベルは順調に上がっていた。

そうそう、そう言えばレベルアップに必要な経験値の数値に変化があったんだ。

今まではレベルを6から7に上げるのに必要な経験値が640、7から8に上げるのに必要な経験値が1280……というように倍々で上がっていた。

けどレベルを8から9に上げる時に必要な経験値は、1500になっていたのだ。

2560にはなっていなかったため、想定より早く二人ともレベルを上げることができた。

そしてその次に必要な経験値は2000で、その次は2500であることがわかった。

どうやら以後は、必要な経験値は500ずつ増えていくらしい。

まあこれも、いつまで一定の法則に則《のっと》っていくのかはわからないけれども。

さて、俺たちのレベルは8から9、9から10と2も上がった。

残念なことに俺は新しい力を覚えなかったが、アイルの方はレベル9で新しい魔法を覚えた。

そして俺にも一つ変化が起こったのだ、ふふふ……。

ステータス
チェンバー　レベル10
HP　94／94
MP　2／2
攻撃　43
防御　40
素早さ　22
魔法
ライト
レッサーヒール

ステータス

アイル　レベル10
ＨＰ　49／49
ＭＰ　56／56
攻撃　12
防御　26
素早さ　19

魔法
レッサーヒール
ヒール
マジックバリア
ライトアロー
ライトジャベリン

見ればわかると思うが、俺はなんとレッサーヒールを習得することに成功したのだ！

ＭＰが２に上がったから理論上は使えるよなってことで、アイルから手ほどきを受けた結果だ！

使えるようになるまでは、結構頑張ったんだぞ！

……一度使ったら魔力切れで精神疲労マックスじゃんとか、そういうことは悲しくなるから言わないでほしい。

今までは無理だった回復魔法の使用が可能になったってことが、何よりも大事なのだ。

少なくとも俺はそう思っている。

そしてアイルの方だが、彼女は以前より大きなマジックバリアを張れるようになり、（小）の文字が消えた。

あ、ちなみにマジックバリアっていうのは紫色の、魔力によって形作られる障壁のことだ。

ある程度の攻撃であればガードすることができて、高い威力の攻撃であってもこいつを間に挟んでおけばいくらかダメージを軽減することができる。

より戦闘が楽になるようになったのは、アイルがこのマジックバリアを常に張るように戦法を切り替えてからだ。

マジックバリアとＨＰでダメージを分散させ、ＨＰと自身の身体に問題が起こればヒールで治す。

魔力消費量こそ多いが、今のアイルには当初とは比べものにならないほど大量の魔力がある。

自然回復を待たなければならないため連戦ができないのは難点だが、魔力の出し惜しみをしなければ、アイルは下手をすれば俺よりも手堅い総合的な防御力を手に入れている。

もっとも、彼女は基本的に近距離攻撃手段が杖しかないから、遠くからガチガチに守って魔法を連射するっていうやり方のスタイルなんだけどさ。

ちなみにレベルが9になって新しく覚えた魔法っていうのは、ライトジャベリンのことだ。

これは光の槍《やり》とでも言うべきもので、簡単に言えば攻撃力と貫通力の上がったライトアローである。

使用するＭＰは５。

ライトアローとレッサーヒールが２、ヒールが３であることを考えると消費量は多めだが、その分威力が高い。

以前のようにライトアローを何発も入れずとも、ライトジャベリンを一撃、目か局部に刺し込めば、それだけで勝負を決められるほどの貫通力がある。

結果としてゴブリンリーダーを相手にした時の使用ＭＰは、以前より減ったくらいだ。

さて、こうして俺たちは順調に新しい力を手に入れ、装備を更新し、レベルを上げて能力を高めることに成功している。

ゴブリンリーダーが三匹いる群れであっても、今ならば問題なく倒すことが可能だ。

けれど俺らは無理をして、更に森の奥に行こうとは考えていなかった。

ゴブリンキングがどれほどの力を持っているのか、そして奥にどれほどゴブリンが密集しているのかといった、不確定要素があまりにも多いからだ。

アイルは防御力が相当上がったが、魔力の使用量が増え、連戦ができなくなった。

そして節約して戦っても、もしものことがあると考えると、今はまだそのスタイルを崩してほしくはない。

それに未《いま》だこちらにやってくるゴブリンたちを倒せば、レベルを上げていくことはできる。

もしゴブリンキングと戦わなくちゃいけないとしても、できるだけ万全な状態で挑みたいところだ。

ゴブリンリーダーと最初に戦った時は結構危なかったからな。

あの教訓を活《い》かして、俺たちは少し安全マージンを多めに取るようにしているんだ。

けれど、そんなことを言ってられない事態が起こった。

俺たちがいつも通りに戦っている時に……とうとうその瞬間が来たのだ。

――同胞を狩られ続けていることに業を煮やしたのか、一匹のゴブリンがやってきたのである。

◇◆◇

森でいつものように戦っていて俺がまず感じたのは、違和感だった。

森の植生が変わったわけじゃない。

ゴブリンの数が減ったわけでもない。

けれど何かが違う。

上手く言葉にすることはできないけれど……俺の第六感的な何かが、危険を告げていたのだ。

そしてアイルの方も、似たようなものを感じていたようだった。

彼女は顔を強張《こわば》らせながら、今日は早めに帰りましょうと俺に言ってきた。

俺も同意見だった。

二人で頷き合ってから、後退を開始する。

そしてあと少しで森を出られるところまできた俺たちの目の前に——一匹のゴブリンが現れる。

「……」

そのゴブリンは、異様だった。

まず全身が黒い。

そしてその黒い身体を覆うように、緑色の刺青のようなものが走っている。

その歯並びは普通のゴブリンのような乱杭歯《らんぐいば》ではなく、綺麗《きれい》にぴっちりと揃《そろ》った、人のような歯並びをしている。

爛々《らんらん》と輝く目を見なければ、夜中であれば人間と見間違えたかもしれない。

その体軀は、それほど大きくない。

普通のゴブリンよりは大きいが、ゴブリンリーダーほどの大きさはない。

それくらいのサイズ感だ。

背中には、自分の背丈《せたけ》と変わらぬほどの丈のある長剣をさしている。

「アイル、出し惜しみはナシだっ！」

まず俺は前に出て、そのゴブリンへ軽い一撃を放つ。

するとそいつは——俺の大剣を、手で受け止めた。刃が刺さるが、わずかに切り傷がついただけ。

……おいおい、嘘《うそ》だろっ⁉

「ライトジャベリン！」

続いてアイルが放つライトジャベリンが、胴体目掛けて襲いかかる。

そのゴブリンはフッと鼻を鳴らして跳び上がり、ライトジャベリンを軽々と避けてみせた。

マズいな、この様子だとアイルの攻撃はこいつには当たらないと考えた方がいい。

となれば攻撃手段を持っているのは俺だけ。

俺が気張らなければ死ぬ。

俺も……そしてアイルも。

間違いない、こいつが——ゴブリンたちの親玉、ゴブリンキングだ。

「……」

ゴブリンキングがスッと音もなく剣を抜く。

そして正眼に構え、前に出た。
って、一瞬で俺の目の前にっ⁉
なんとかして大剣を振る。
得物の重量差で、なんとか攻撃を弾《はじ》けた。
けどとんでもない一撃の重さだ。
一瞬でも気を抜けば——やられるっ！
俺が大剣を振れば、ゴブリンキングはそれに剣を合わせてくる。
重量差があるおかげで、俺の攻撃の方が遅い。
そのせいでゴブリンキングに、俺の後《ご》の先《せん》を取られてしまう。
結果として俺と奴の間あたりで攻撃がぶつかり合い、再度弾き合う。
相手の攻撃の勢いを受けて、俺とゴブリンキングが共にズザザッと下がる形になった。
こりゃ……今までの速度じゃダメだ。
たとえ数発でへばることになったとしても、全力中の全力。
気力を振り絞った一撃を連続で打たなくちゃ、やられる。
「——うおおおおおおおおおっっ！」
「ガ、ギギッ‼」
歯を食いしばりながら、右足を軸に身体を捻る。

独楽《こま》のように回転してから、身体の捻りを使った一撃を叩き込む。

それに合わせて、ゴブリンキングが剣を横に薙《な》ぐ。

打ち合うと、さすがに今度は俺が押し勝った。

けれど向こうの体勢を崩せるほどじゃない。

もう一回転して再度攻撃するのは、隙がでかすぎる。

かといって一度止めてるんじゃあ、せっかくの大剣の重量と勢いを殺してしまう。

俺が選んだ選択は——大剣をかち上げることだった。

Uの字に弧を描くように、ゴブリンキングへとその勢いをぶつけにいく。

剣を下段に構えていたゴブリンキングは、それを受け止めきれないと判断したのだろう。

後の先を取るのではなく、カウンターを放ちにきた。

狙いは俺の……首筋かっ！

けれど、問題ないっ！

俺は……お前と違って、一人じゃないんだよっ！

「ライトアロー！」

動いて立ち位置を変えたからだろう、先ほどとは違った角度から光の矢が放たれる。

間違って俺にまで被害が出ないようにという配慮だろう。

その光の矢はゴブリンキングの胸部目掛けて走った。

防御しながら攻撃を放つため、ゴブリンキングの攻撃の軌道がズレる。
胸を守りながらのため、奴の狙いが俺の首筋から胴体へと変わった。
頼むぞＨＰ、仕事してくれよっ！
「うおらあああああああっ！」
俺の全力の一撃が、ゴブリンキングへ衝撃を与える。
そしてゴブリンキングの突きが、俺の胴体へと届いた。
腹部にやってきたのは、鋭い痛み。
けど……耐えられないほどじゃないっ！
歯を食いしばると、口の中から血の味がした。
見ればポタポタと、口許《くちもと》から血が垂《た》れている。
けどせっかく一撃を入れたんだ、この好機を逃すわけにはいかない。
連撃に繋げるため、重心を下げる。
俺はそのまま前進し、ゴブリンキングは吹っ飛んだ勢いで後退した。
結果として両者の距離は、先ほどまでとほとんど変わらぬまま。
つまり大剣の攻撃範囲内ってことだ。
ゴブリンキングを相手にするんなら、ダメージを負うことを躊躇《ためら》ってはいられない。
こちらも攻撃を食らうことを前提として、コンボを組み立てていく。

振り下ろし、振り下ろし、そして大振りに振り下ろしという三連撃。

一撃目が当たった時点で、最後の大振りの三撃目をきっちりと当てることに集中する。

狙い通り、三発ともしっかりとヒットさせることができた。

高速で放つ連撃の衝撃は、先ほど同様ゴブリンキングの身体を打ち抜いているはずだ。

けど……まるで鉱石をぶん殴ってるような手応えしかしやがらない！

ゴブリンキングの身体が、あまりにも硬すぎるんだ。

「グギ……」

たしかにダメージは通っている。

だがどれも……軽い。

動きが速いから、頭部や関節などの構造上弱い部分を攻撃することができないのも大きい。

このまま胴体や腿《もも》のようなデカい部分を殴り続けるだけじゃ、倒せる気がしない。

けれど攻撃の手を緩めるわけにはいかない。

ラッシュを続け、コンボを繋いでいく。

こいつどんだけ硬いんだ、鋼鉄の大剣で叩いてるこっちの手が痺《しび》れてくるぞ！

「ガギッ！」

ゴブリンキングは攻撃と攻撃の間のわずかな隙《すき》に、ぞっとするようなタイミングで一撃を放ってくる。

俺の攻撃モーションやその予備動作の間を縫うように、死角から攻撃してくるのだ。

だから問題は、こいつの耐久の高さだ。

恐らくだがこのゴブリンキングは――肉体が非常に強靱で、とにかく耐えて耐えて戦うタイプなのだ。

ゴブリンキングに関する情報にそんなことは書いていなかったが、こうして目の前にいるんだからそういうものだと考えるしかない。

ゴブリンキングは、俺がどれだけ攻撃を加えても、平然とした表情を崩さない。

そもそもこの鋼鉄製の大剣だと、しっかりとしたダメージが入っているかもわからなくなってきた。

斬り傷はいくつもついているが、傷だらけなのはこちらも一緒。ただし俺の身体は、連続攻撃の反動で既に悲鳴を上げ始めている。

「シッ！」

「ギギッ！」

得物をかち上げて、一撃を入れる。

武器の扱いも速度も、そして腕力も俺の方が上だ。

けれどあと一歩……詰め切れない。

そのために必要なものがなんなのか、こうして戦っているとはっきりとわかった。

（得物だ……今の鋼鉄製の大剣じゃ、このゴブリンキングにまともにダメージが入らない）

たしかに今の大剣を振っていて、軽いと思うことは多かった。

けどこうやって戦うまでは、そこまで重要だとは思えなかった。

大剣を軽々と使えるんなら、その分手数が増える。選べる戦法も増えるんだから、得物の軽さはテクニックで補えばいいと思っていたからだ。

レベルアップを繰り返すことで速度もパワーも上がり、どこかのぼせ上がっていたのかもしれない。

たとえどれだけ強くなろうと、俺はあくまでも人間なのだ。

人外である魔物と渡り合おうとするのなら、己の腕力だけに頼っていてはいけない。

最良の武器と、俺の総合的な戦闘能力。

この二つを組み合わせて、強力な魔物たちを倒せる領域まで辿り着かなくてはいけないのだ。

今の俺の全力が叩き込めるような、もっと重く硬い武器を使わなくちゃ、自身の強くなった肉体をフルで活かすことができない。

既に俺は、この大剣では物足りないところまで来ているんだ。

「ギッ！」

「はあああっ！」

そんなことを思いはしたが、今の武器で最善を尽くすことしか、この場面ではできない。

攻撃をかわし、互いに傷を負いながら何度も何度も交錯する。

そして振り向きざまに一撃、跳び上がっては体重を乗せ、かがみ込んでは溜《た》めを作って大剣をかち上げる。

焦燥を強く感じる。

今の俺の装備じゃ、ゴブリンキングを相手に勝つことはできない。

だからなんとかして、逃げる必要がある。

今はその逃走のチャンスを、なんとかして窺《うかが》わなくちゃいけない。

手は抜かないように、しかしいざという時は全力で逃走できるように。

その心構えで粘っていると、絶好のタイミングがやってくる。

「ライトジャベリン！」

適宜援護をしてくれていたアイルが、ライトジャベリンを放つ。

その一撃が上手いこと、ゴブリンキングの左目に突き立ったのだ。

「ガアアアアッ⁉」

これは間違いなく好機だ。だがこの好機を活かして戦って……果たして勝てるのか？

冒険者稼業は博打《ばくち》じゃない。とてもじゃないがこの状態で、俺とアイルの命をベットすることはできなかった。

判断は一瞬のうちに終わる。

「アイル、逃げるぞ！」

「は、はいっ！」

大剣を持ったままでは、追いつかれる可能性も高い。

なので俺はためらいを振り切るように大きく振りかぶり……大剣を思い切りゴブリンキングに投《とう》擲《てき》した。

失ったばかりの左目が無事であれば避けられたはずのゴブリンキングの左半身へ飛ばした大剣は、捉えられずに無事に命中。ゴブリンキングのつま先に当たり、初めて悲鳴を上げさせる。

そして俺たちはそのまま……後ろを振り返ることなく全力で逃走する。

幸いなことに、ゴブリンキングは追ってはこなかった。

けど俺はこの戦いで……己の相棒であった大剣を失ってしまった。

街へ戻っていい武器を見つけなくちゃ。

いや、それよりも先にギルドへ報告をしなくちゃいけないか……。

俺とアイルはへとへとに重たくなった身体で、なんとかしてランブルへと辿り着いたのだった——。

第五章　新たな力、そこに在るもの

いつものようにシリヌイさんに話をしようとしていた俺たちは、報告をしようと二階へと上がっていく。

するとその場にはシリヌイさんだけではなく、もう一人禿頭《とくとう》の男がいた。

しかもシリヌイさんが脇にいて、禿頭の男は真ん中でふんぞり返っている。

冒険者ギルドの幹部より偉い人物……目の前にいる人物の正体を推測するのは難しいことじゃない。

「初めまして、Cランク冒険者のチェンバーです。こちらはパーティーメンバーのアイルです」

「どうも、初めまして。アイルと申します」

「おう、俺は冒険者ギルドランブル支部のギルドマスターのディングルだ。まあこのままだといつまでギルマスやってるかはわからんが、よろしく頼むよ」

ギルドマスターのディングルさんの年齢は、三十代後半くらいに見える。

タッパもかなりあり、俺もアイルも見上げるような形だ。

「さて、チェンバー。武器も持たず、そんなボロボロの状態で来たんだ。何かあったんだろ？　事情を聞くから、全部話してみろ」

言われて自分の姿を確認してみると、たしかに色々とボロボロだった。

ＨＰとアイルのヒールに任せて怪我《けが》をいとわずに戦っていたせいで、既に俺が着ている革鎧《かわよろい》はボロボロになってしまっている。

……そんなことにも気付かないくらい、気を張り詰めてたってことか。

まあそりゃあ、自分の力不足を実感した戦いになったからな……。

シリヌイさんの方を見ると彼が黙って頷《うなず》いたので、俺は今回何があったのか、その全てを報告することにした。

「なるほど……腕に緑の刺青を入れた、黒いゴブリンキング、か……」

ディングルさんは俺の話を聞くと、難しそうな顔をして黙り込んでいた。

やっぱり色が違うのは変だよな。

俺が話に聞いていたよりも、ずっとタフだったし。

生き物には、たまに先祖返りをしたりするようなものもあるという。

もしかしたらあのゴブリンキングも、そういった類《たぐ》いの生き物なんだろうか。

だがギルドマスターの答えは、俺が想定したものとは大分違った。

「もしかしたらそいつは、邪神の加護を受けているのかもしれねぇな……」

「邪神……ですか？」

この大陸で幅を利《き》かしている聖光《せいこう》教は、女神ネア様を唯一神とするゴリゴリの一神教だ。

俺は別に信心深いわけじゃないが、この『レベルアップ』のスキルをくれたネア様には感謝してる。

気が向いたら、ちょっとくらいならお布施をしてもいいかなぁ……くらいのゆるい信心だけど。

でも邪神、か……。

名前くらいは聞いたことあるけど、興味がないからよく知らないな。

俺の表情を見て察してくれたのか、ディングルさんが教えてくれる。

「邪神っつうのは、まあ簡単に言えばネア様以外の神様だ。聖光教が一神教だからこの呼び方だが、人類以外の奴《やつ》らからすればこちらが邪神になるぞ」

「ギルドマスターさん、さすがにその言い方はネア様に失礼かと……」

「お前ら、まだ亜人やエルフに会ったことないのか？　あいつらが信じてる神は、ネア様とはまったく違う。そのくせ邪神呼びすると、ブチ切れる奴らも多いからな……っと、話がそれたな」

要はこの世界には沢山の神様がいる。

人間にスキルを与えてくれるネア様以外にも、地域や種族ごとに神様がいるそうだ。

そして世界というものは広く、魔物に寵愛《ちょうあい》を与える物好きな神様もいるらしい。

どうやら神様というのは、自分のお気に入りに力を分け与えるのが好きなんだとか。

そのゴブリンキングは邪神の寵愛……つまるところ俺たちにおけるスキルのような能力を持って

いる、ということらしい。

それを聞いて俺が思い出したのは、あのゴブリンキングのタフネスと身体《からだ》の硬さだ。

自慢ではないが、客観的に見て今の俺はかなり強い。

ゴブリンリーダーを楽々屠《ほふ》れるくらいの実力にはなっているし、恐らくアイルと組んだ時の力はBランクパーティーくらいにはなっているはずだ。

ゴブリンキングが強力な魔物ということは知っている。

だがあそこまで攻撃が通らないとは思っていなかったし、それを疑問に思ってもいたんだが……どうやらあいつは俺らでいうところの『頑健』スキルみたいな能力を持ってるってことなんだろうな。

そう考えれば、戦闘の時の諸々《もろもろ》ともつじつまが合う。

「だとしたらあいつは、ただのゴブリンキングじゃないってことになりますね……」

「ああ、もしかしたらこのランブルの街が終わってないのも、そのあたりに理由があるのかもな」

「それは、どういう意味ですか？」

「魔物に寵愛を与える神――邪神アジ＝ダハーカはとにかく面白い奴を好む傾向がある。ってことはそのゴブリンキングは、ただ女を犯して生殖に生きるだけの魔物じゃないんだよ……多分だけどな」

それは例えば求道者のような、ただ強さを求めるような魔物であったり、人をただひたすらに憎み、殺戮《さつりく》するような快楽殺人鬼のような行動をとったり。

　そのパターンは一様とは言えないが、邪神の寵愛を受ける魔物たちは、皆腕力や魔力が増強されたりすることで強力になるのだという。

「ただ、それだと違和感があるな……もしかしたらその魔物は、ゴブリンキングじゃないかもしれんぞ？」

「そうなんですか？」

「ああ、寵愛を受けたゴブリンキングともなれば、確実にランクはAになるはずだ。毎日ゴブリンリーダーを倒してきたお前たちといえど、さすがにまともな戦いもできずに殺されてただろう」

　たしかに、言われて思い当たる節がある。

　あの魔物は、ゴブリンリーダーと比べてもその身体は小さかった。

　体つきも、ゴブリンリーダーよりもゴブリンやゴブリンソードマンに近かったと思う。

　となるとあいつ……あの強さで、ゴブリンソードマンなのか？

　俺も人のことは言えないが……邪神の寵愛も大概めちゃくちゃだな。

『レベルアップ』とはベクトルが違うが、ありふれた魔物があそこまで強くなるのかよ。

「となるとこのランブルの街も、まだ完全に終わったわけじゃなさそうだな……」

　単にゴブリンキングが率いているゴブリンの群れであれば、大して考えることもなく真っ直ぐにランブルへやってくるのが普通だとギルマスが言う。

未《いま》だにゴブリンたちがランブルにこないのは、あの黒いゴブリンの特異性に原因があるのかもしれない。

たしかに俺たちがゴブリンを狩りまくっても、一向に街に攻めてくる気配がないのは、少し変だとは思っていた。

それもこれも、あの黒いゴブリンのおかげなのか。

おかげって言葉が正しいのかはわからないけど。

「だとするとあのゴブリンを倒せば、なんとかなるってことでしょうか？」

「それはわからん……が、そうなれば残るのはゴブリンリーダーたちだろう？　それなら俺も含めた戦力で、なんとかなるだろ」

どうやらギルマスは元冒険者らしい。

以前は結構、ブイブイ言わせていたようだ。

その口ぶりに、なんとなく世代差を感じる。

「とりあえず自分の得物を見つけてから、なんとかしようと思います。それでは、失礼致します」

「おっ、まあそう急《せ》くな。忘れるところだったじゃねぇか」

ディングルさんは俺についてこいとだけ言うと奥へ一人で向かってしまう。

ススッ……と近くにシリヌイさんがやってきた。

「ごめんなさい、ギルマスはその、なんというかかなり……我が道をゆく人でして」

「全然大丈夫ですよ。冒険者は奇人変人の集まりですから、ディングルさんのことも、ちょっと変わってる人くらいにしか思えませんし」

ペコペコと頭を下げるシリヌイさんは、顔合わせが済んだと考えたからか、別のドアから部屋を出て行った。

死んだような目をしていたので、多分これから別件で働くのだろう。

大変だろうが、頑張ってほしい。

なんとなくだけど……多分シリヌイさんがこのギルドの大部分を回している気がするから。

俺とアイルは見失わぬよう、急いでディングルさんの後をついていく。

彼は何やらごついドアの前で、大量に輪っかに繋《つな》がれている鍵と戦っていた。

「ええっと、どれだったか……」

そして俺とアイルが見守ることしばし、苦節五回目の挑戦にしてカチリと音が鳴り、錠が開く。

「ここで待ってろ」

とだけ言い、ディングルさんはゆっくり部屋の中へ入っていく。

そしてドアを閉めるのだが、建て付けが甘いからかドアと壁の間に隙間《すきま》があり、覗くと中がちょっとだけ見えた。

そこにあったのは……沢山の武器だ。

細かいところまでは見えなかったけれど、剣から防具まで、多様な物がところせましと詰め込まれている。

それから扉の向こうからどんがらがっしゃんと音が聞こえてくるようになる。

俺とアイルは目を合わせて首を傾《かし》げるが、待っていろと言われた以上勝手に中に入るわけにもいかない。

「いったいギルドマスターは、中で何をしてるんだろうな？」

「さぁ……？　まあなんとなく、予想はつきますけど」

「倉庫まで来て……することってなんだ？」

「すぐにわかると思いますし、ぼーっとしとけばいいんじゃないですか？」

「それもそうだな」

二人でぼーっとしたり、他愛ない世間話をしたりして時間を過ごす。

すると最後に一際《ひときわ》大きな音を立ててから、ディングルさんがようやっと扉を開けた。

その手に握られているのは……紫色の意匠のちりばめられた、金色の大剣だった。

その刀身は金色に輝いており、鞘《さや》には埃《ほこり》がついているくらい長い期間倉庫に入れられていたというのに、まったくと言っていいほどにくすみがない。

円筒状の部分も、柄も、どこもかしこもが金色に輝いている。

一見すると成金《なりきん》趣味なようにも思えるが、しかし決して下品ではない。

その所々に施されている紫色と相まって、むしろ高貴さを感じさせるほどだった。

俺が見ていて特に綺麗《きれい》だと思ったのは、柄の部分だ。

下地は金なのだが、その上に紫色の布が巻き付けられている。

そしてその布には菱形《ひしがた》の穴が空いていて、持ちやすさを保ちながらも、下にある金色の美しさを隠していない。

機能性と造形美を併せ持っているその大剣に、俺は一瞬で魅了された。

「雷剣《らいけん》トール……それがこいつの名前だ」

ディングルさんはこちらへやってきて、剣を俺に手渡した。

「お、重っ——⁉」

腕にのしかかるような、ずしりと重たい感触。

俺が投げ捨てた鋼鉄の大剣とサイズは変わらないはずなのに、重量は何倍もある。

レベルが上がる前の俺だったら、間違いなく取り落として、足でも怪我していただろう。

けれど今なら……一応問題なく持つことはできそうだ。

けどギルマスは、どうしてこれをいきなり俺に？

「そいつを使ってた『雷剣』のトールは俺の戦友でな。俺がギルドの職員として半隠居を決め込んでからも、ずっとバリバリ現役で冒険者を続けてたんだ」

けどな……と一旦間をおいて。

「トールは結局、Aランクまで上がってから死んだ。遠くの地で、貴族の威信をかけて行われたドラゴン討伐で殿《しんがり》を務《つと》めたせいでな。あいつ一人で戦ったのなら、逃げることくらいは簡単だっただろうに……」

「この剣を……もしかして、俺に……？」

「ああ、無論タダじゃやらんがな。一応、その武器の名義人は俺になってるんだよ。最期《さいご》まで家族を持たなかったトールが、教会に託していた遺言書。その中身がお笑いぐさだったんだ。古なじみの俺といきつけのバーのマスターで二等分……そして俺の持ち分の中に、その雷剣トールがあったってわけだ」

何やら物悲しい雰囲気になってしまったディングルさん。

この剣は、既にこの世を去った彼の親友のもの。

そんな大切なものを……譲ってもらってもいいものだろうか。

「成功報酬の前払いだ。トールもこのまま死蔵されるより、誰かが使ってくれた方が武器も浮かばれるって思うだろ。自分と同じ名前のこの剣を、あいつは何より気に入ってたからな……」

しんみりしだしたディングルさんは、黙って歩き出す。

俺たちがついていくと、辿《たど》り着《つ》いたのは冒険者ギルドに併設されている練習場だった。

「振ってみな、さっさと試してみたいって顔をしてるしな」

「はい、それじゃあ……」

ここにやってくるまでの道中、軽く素振りをしてみたり、肩にかけてみたりと色々と試していたので、少しこの重さにも慣れてきている。

前の大剣のように完全に意のままに操ることはまだできなそうだが、それでも何も問題はない。

そもそもの話をすれば、こういう力で相手を叩《たた》き斬るような武器は、重ければ重いだけいい。

完全に取り回せてむしろ軽いと感じるより、強引に動かしてでも全力を叩きつけられるものの方がいいのだ。

重ければ重いだけ伝わる衝撃も増し、攻撃力も上がる。

攻撃力不足を痛感していたところだったから、ディングルさんの厚意は本当にありがたい。

懐《ふところ》事情は改善したとはいえ、鉄製よりも頑丈で重たい武器を買うほどの余裕はなかったからな。

両手でグリップを握り……まずは軽く振り下ろす。

重量にはかなりの差があるが、大剣なのは変わらないから基本的な扱い方はさほど変わらない。

硬い殻《から》や強靱《きょうじん》な肉体の内側に、衝撃を通す。相手の肉も骨も関係なく、強引に叩き斬る。

力任せだが技量も必要とする、圧倒的なまでの剛の剣。

トールをしっかりと振ってみると、ただ持っていた時よりも更に重く感じた。

気を抜けば、重心が前に動いて身体が持っていかれてしまいそうだ。

慎重に、重心がずれないよう気を付けながら、剣を振る速度を上げていく。

ただの素振りをしたら、次は仮想敵をイメージしながら剣を振る。

相手の斬撃に合わせる。相手の攻撃を剣で受ける。攻撃を避けてから、腕の力だけで剣を振る。

姿勢が変わらないくらいに慣れてきたので、一度両手で剣を持ち直す。
身体も温まってきたので、もう少しギアを上げられそうだ。
腕の力を込め、体重もかけながら剣を振る。
ブゥンという、切っ先が風を切る音に満足した時、それは起こった。
バリバリッ！
俺が振った剣に……雷が宿ったのだ。
そう言い表すのが、現状を一番正確に表現できると思う。
刀身が、紫色の光を纏《まと》っている。
バチバチと音を鳴らし、刀身全体に光が迸《ほとばし》っているのだ。
明らかにこの雷剣トールは帯電している。
だが俺の身体が痺《しび》れるような様子もない。
雷はあくまでも刀身にとどまっていた。
「もっと振ってみろ、高速でな」
「はいっ」
ギルマスに言われるがまま、トールを振る。
さっきよりも速く、それよりも速く、今日一番速く。
一回振る度に雑念が消えていき、動きにある無駄が削《そ》がれていく。

そして振り続ける度に、雷剣の纏う雷はその明るさと音、範囲を増していく。

続けていると、とうとう俺の握っている柄にまで雷が広がってきていた。

更に素振りを続けると……とうとう俺の手に光が触れる。

しかしバチバチと音は鳴っているのだが、不思議と身体に痛みはやってこなかった。

ギルマスの方を向くと、彼は黙って頷く。

どうやらまだ振り続けろということらしい。

その指示に従い、剣を振り続ける。

振り下ろしだけでは味気ないと、振り上げ、横に払い、斜めに落とす。

目の前には、あの黒いゴブリンの姿があった。

あいつを今度こそ叩きのめすことができるように、その幻と攻防を繰り広げていく。

戦った時とまったく同じ速度で、あいつは襲いかかってきた。

対して今の俺は、得物の重量がまったく違う。

だから防戦一方になるとばかり思っていたが……。

(俺が……速くなってるのか？)

瞼《まぶた》を閉じれば思い出せるあのゴブリンの突きを、俺は問題なくかわすことができている。

武器が重たくなっているのに以前と同じ……あるいはそれを超える速度で動くことができている。

レベルはあれ以降上がっていない。となるとこの違和感の正体は……恐らく雷剣トールにあるはず。

魔物の中には、自ら帯電することで、高速移動を可能にするものがいると聞いたことがある。

恐らくはこの武器も、使用者に対して速度の補正をかけられるのだろう。

更に剣を振り、引き寄せ、腕を伸ばし、叩き続ける。

その攻撃を繰り返すうち、気付けば雷剣全体を光が覆い尽くしていた。

「そのまま全力で振り抜け！」

ギルマスの言葉に従い、剣を高く掲《かか》げ――今の俺の全力で、振り抜くっ！

ドギャアァァァアンッ！

迸る雷光に、思わず目を瞑《つむ》る。

光が収まり目を開けた時、そこにはブスブスと焼《や》け焦《こ》げた床と、先ほどまでの光を失ったトールの姿があった。

「――重っ⁉」

ガクッと思わず倒れ込みそうになるのを、なんとかこらえる。

今の攻撃を放ってからすぐに、トールが急激に重たくなった。

正確には最初に持った時の重さに戻っただけなんだろうが、さっき振り回していた時よりもずいぶん重たくなったから、そう感じてしまうんだろう。

やはりあの光のおかげで、本来よりもずっと軽々と振れていたってことだろうな。

いやでも、どこか脱力感のようなものも感じる気が……？

「この雷剣トールは、高速で振ることで自身に雷のエネルギーを溜《た》められる。そしてそれを使用者に付与し、その速度と膂力《りょりょく》を一時的に引き上げる。そして溜まった雷が臨界点になったところで高速で振れば、雷を放つことができる」

「……すごい武器ですね、これ」

「そりゃあAランク冒険者が使ってたもんだからな。ただデメリットもある。雷を放った場合、一気に疲労する。まあ細かい理屈はわからんが、使えば体力を消費すると考えればいい」

「使わないこともできるんですか？」

「ああ、あの臨界状態を維持していると、数分もするとエネルギーが散っていく。その場合雷による付与は一からかけ直しになるが、体力が持っていかれることはない」

「なるほど……」

少し重たくなった身体で再度素振りをしながら、思う。

この武器があれば、あのゴブリンを相手にしても勝てるかもしれない。

俺は痺れを切らしたアイルがそろそろ帰りましょうと言い出すその時まで、無心でトールを振り続けた。

◇
◆
◇

トールは、とてつもなく強力な武器だ。

そりゃAランク冒険者が使っていたんだから当たり前の話である。

俺は思った。今のままだと武器に使われて、トールの性能頼りの戦いをしてしまうんじゃないだろうか……と。

なのでまずは手に武器を馴染《なじ》ませるために、あのゴブリン以外と戦うことにした。

といっても、基本的には前回あいつに遭遇したところ以外に出向くってだけだ。

他のゴブリンたちを狩っていくスタイルは、特に変えはしない。

あのゴブリンと戦う前に、とりあえずレベル12を目指そうということになった。

恐らくそこで、アイルがまた何か新しい魔法を覚えるはずだ。

それを一つの目標にして頑張っていこうということになったのである。

まず二回ほど試運転をして、トールの使用感に慣れていく。

一言で言えば……こいつは正しく俺が求めてた武器だった。

まず攻撃力が、格段に上がった。

重量があるおかげで振る際に鉄の大剣よりもずっと勢いがつくため、しっかりと全力で叩きつけることができる。

もちろんその分最初の動きは若干遅くはなったが、むしろ俺は本来のスタイルを取り戻したと言えると思う。

俺の戦い方は矢面に立ち、傷だらけになりながらも相手に攻撃を加えていくという形で、それを何年も続けている。

今もアイルがいるおかげで、『暁』のメンバーだった頃に近い形で戦うことができている。

HPの消費と身体の損傷を気にせずぶちかます形になったから修正はしているが、やっぱりこのスタイルが一番俺に合っていると、改めて再確認できた。

それに使っていくうちにトールの力で速度は上がるようになる。

大体柄を持つ手に光がかかる頃には、前の大剣と同じくらいのスピードで動けるようになる。

なるべくそこまで速く持っていけるように、無駄振りをしたり、敢《あ》えて大振りでゴブリンを倒したり。

この雷剣トールを使いこなすために、今までと違う動きを織り交ぜなければならないので、ここは要研鑽《けんさん》だ。

そして俺はこいつのおかげで、遠距離攻撃の手段を得ることができた。

無論一度使うと隙だらけになるので諸刃《もろは》の剣《つるぎ》だが、なかなかに雷の威力は高い。

一度試しに撃ってみたところ、ゴブリンリーダーは食らっただけで絶命した。

あのゴブリンにも、かなりのダメージが通るはずだ。

だがもしそれで仕留め損なうと、疲れ、動きも悪くなった俺が反撃でやられかねない。

放つタイミングは、かなり吟味《ぎんみ》しなくちゃいけないだろう。

さて、試運転を終えたら次は本格的な戦闘だ。

あのゴブリンを倒すためには、相当に身を入れて戦わなくちゃいけない。

俺たちは以前から何度か見逃してきた、一際大きなゴブリンの群れを攻略することに決めた。

そこにいるゴブリンの数は合わせて百近い。ゴブリンソードマンやゴブリンメイジだけでなく、回復魔法を使うゴブリンプリーストもいる。

そしてゴブリンリーダーの数も少なくとも四匹はおり、もし別働隊とかがいるとしたらもう一、二匹くらいはいてもおかしくない。

今までは見かけても安全マージンを取って戦ってこなかったが……次にあのゴブリンと戦う時も、激戦が予想される。

それに勝つなら、これくらいの規模の群れの一つや二つは蹴散らせるようにならなくてはいけないだろう。

（よし、行こう）

（はいっ！）

今回は、アイルもある程度前に出てもらう。

あのゴブリンが群れを率いていた場合、恐らくアイルが周囲のゴブリンたちを倒す役目を担《にな》うことになる。

俺があのゴブリンと戦えるようになることを目指しているのと同様、アイルも今回一つの目標を設定していた。

それはゴブリンリーダーを単独で討伐すること。

俺たち二人は前へ進むため、一歩目を踏み出した。

まず最初に潰すのはゴブリンリーダーだ。

俺は事前に振っておき、ある程度雷光を溜めた状態のトールを持って前に出る。

以前より更に上がった速度は、レベルアップによる素早さの上昇と合わせ、圧倒的だ。

高い速度を叩き出した俺が剣をふりかざしたところで、ようやくゴブリンリーダーがこちらの存在に気付く。

だが……遅い。

俺の一撃を頭に食らったゴブリンリーダーが真っ二つに断ち斬られる。

今の俺はもう、ゴブリンリーダーをワンパンできるのだ。

こうして実際に簡単に勝てるようになると、自分の力がちゃんと増しているんだなとわかって気分が上がってくる。

俺は近くにいた二匹のゴブリンリーダー目掛けて駆ける。

事前に分担は決めているので、足取りに迷いはない。

「シッ！」

「グギッ――ッ⁉」

俺の掬《すく》い上《あ》げるような一撃と、ゴブリンリーダーの真横からの斬撃が身体の横でぶつかり合う。

以前とは違い、俺の一撃はゴブリンリーダーの剣をボキリと折り、勢いそのままその身体を強《したた》かに打ち付けた。

レベルアップにより強化されたステータスで繰り出されるトールの一撃。

ゴブリンリーダーは、ボールのようにバウンドしながら吹っ飛んでいく。

ここまでパワーアップしていると、さすがに自分でもちょっと引くレベルだ。

見れば、もう一匹のゴブリンリーダーは逃走のためにこちらに背中を向けていた。

「逃がすか、よっ――」

力みすぎないよう気を付けながら前に出る。

既に俺の出せるスピードは、ゴブリンリーダーの背後を顧《かえり》みぬ全力疾走よりもずっと速い。

振り下ろしだとタイミングがズレかねないので、横にトールを振り抜き、その背中に攻撃をヒットさせる。

背中が大きく斬り裂かれ、ベギンと音が鳴る。ゴブリンリーダーは背骨を折られ、そのまま絶命した。

トールは重量があるだけではなく、切れ味も尋常じゃないらしい。

ゴブリンリーダーの肌を難なく裂けるとか……俺なんかにはもったいない武器だよ、本当。

既に三匹のゴブリンリーダーを倒すことができている。

そして俺には未だに傷一つついていない。

すごいな……使う武器が変わっただけで、戦闘自体がこれほど劇的に変化するものなのか。

適当に周囲の敵を掃討していく。

ゴブリンだけじゃなく、ゴブリンソードマンたちであってももう相手にならない。

若干怖いのはゴブリンメイジだが、ぶっちゃけ目のような回復魔法で治せない場所以外であれば攻撃を食らっても問題はない。

一度魔法を使えば再度放つまでには時間がかかるから、それまでにケリはつけられる。

俺の視界の端の方で、アイルがゴブリンリーダーを相手に戦っている。

「グガアッ！」

ゴブリンリーダーが長剣を叩きつけようと、上段から振り下ろす。

アイルは全力で横に跳び、その一撃を避けようとした。

当然ゴブリンリーダーは彼女目掛けて攻撃の軌道を変えるが……斬り付ける直前に抵抗があるせいで、アイルに当たらずに終わった。

彼女が張っているマジックバリアに、その威力を殺されてしまったのだ。

隙ができたそのタイミングで、アイルが魔法を放つ。

「ライトジャベリン！」

ゴブリンリーダーの腹部に光の槍《やり》が突き立つ。

中からは血が溢れていたが、ジュッと音を立てて蒸発していった。

アイルの魔法の威力も、レベルアップの度に上がり続けている。

今の彼女であれば、ゴブリンリーダー相手であっても互角以上に戦うことができる。

強くなっているのは、決して俺だけじゃない。

俺は誰もいない荒野を一人で歩いているわけじゃなく、その隣にはアイルがいる。

そう思うだけで、スッと胸のつかえが取れるような気分になる。

俺も彼女も、自分たちを追放した奴らのことをさっさと見返してやるのだ。

そのためにも俺たちはあのゴブリンとの戦いで、負けるわけにはいかないのだ。

ゴブリンリーダーの目にライトアローが突き立ち、崩れ落ちる姿を確認してから、俺は残るゴブリンたちの処理を急ぐことにした。

ゴブリンリーダーさえいなくなれば、今の俺たちにとって、ゴブリンは敵ではない。

あっという間に倒すことができた。

戦闘自体よりも、そこから得られる魔石の採取の方がよっぽど面倒だ。

まずは俺のレベルアップがそろそろだということになり、他のゴブリンリーダー二匹がいる群れに突っ込んでいく。

そして俺のレベルが上がり、そのままの勢いでもう一つ群れを潰したところでアイルのレベルが上がった。

ステータス

チェンバー　レベル11

ＨＰ　99／99
ＭＰ　2／2
攻撃　48
防御　43
素早さ　25

魔法
ライト
レッサーヒール

ステータス
アイル　レベル11
ＨＰ　54／54
ＭＰ　62／62
攻撃　14
防御　30
素早さ　23

魔法
レッサーヒール
ヒール
マジックバリア
ライトアロー
ライトジャベリン

レベルが上がってまず俺が思ったのは、「なんか今回能力値の上がり幅がデカくないか?」ってことだった。

アイルも俺も、今までにないほど全体的なステータスが伸びている。

俺も攻撃が5上がってくれたのはありがたい。

ここに来て、また一つの仮説が生まれた。

それはレベルアップの際に上がる能力値には、上がるまでに戦った経験みたいなものが反映されるんじゃないかってことだ。

あのゴブリンは倒したわけじゃないが、実際に戦って俺たちは死にかけた。

恐らくあの戦闘経験が、今回の高い伸び幅に繋がってるんじゃないかと思う。

魔物は倒せていないから、あの戦闘で経験値自体は得ていない。

まだまだ『レベルアップ』スキルには、隠された秘密がありそうだ。

ただ、キツい戦いを乗り越えればその分だけステータスが上がりやすくなることは判明したわけだ。

それならばと、俺たちは以前にも増して大きな群れを狙うことを決めたのだった――。

◇◆◇

俺が雷剣トールを譲り受けてから、三日ほどが経過した。

相変わらず、あのゴブリン率いるゴブリン軍団が街を襲うような気配はない。

俺たちは更にゴブリンを狩り続けている。

狩っても狩っても、ゴブリンの数が減る様子はない。

いったいどれだけ繁殖能力が高いのか、そしてどれだけ森の奥にはゴブリンたちがいるのか、考えるだけで恐ろしくなってくる。

俺たちが今まで倒してきた奴らにまとめて襲いかかられていたら、俺たちまで含めてランブルにいた人間は全滅していたと思う。

ただ大量にいるおかげで、俺たちは着実に経験値を稼《かせ》ぐことができている。

俺たちのレベルは、無事12に上がった。

ステータス
チェンバー　レベル12
ＨＰ　１０５／１０５

ＭＰ　２／２
攻撃　52
防御　47
素早さ　27

魔法
ライト
レッサーヒール

ステータス

アイル　レベル12
ＨＰ　57／57
ＭＰ　68／68
攻撃　15

防御　33
素早さ　25

魔法
レッサーヒール
ヒール
マジックバリア
ライトアロー
ライトジャベリン
エンチャントライト

ゴブリンリーダー六匹を潰したおかげか、やはり全体的に能力値の伸びがいい。
そしてアイルが新たな魔法を覚えた。
エンチャントライト――武器に光属性を付与する魔法だ。
光属性は、基本的にあらゆる魔物に対して有効な属性だ。
例えば火属性は身体に火を纏っている奴には効果が薄いし、水属性なんかも同様だ。
それらと比べて、光属性はどんな魔物にも通用する。

だって光を身に纏う神様のような神々《こうごう》しい魔物なんて、この世に存在しないからな。

エンチャントライトは武器に光属性を付与して、攻撃の威力や斬れ味なんかを高める魔法だ。

試しにトールにこの魔法をかけてもらったところ、面白い相乗作用があった。

トールが自ら発する雷光が強くなればなるほど、エンチャントライトの効果も増大していくことがわかったのだ。

そして雷撃を放ったり、何もせず時間が経過して纏う雷光が霧散すると、それに合わせてエンチャントライトも消えてしまう。

その都度かけ直しをする必要はあるが、これで俺は新たなバフを手に入れることができた。

まだレベル上げを続けられる。

13に上げるまでの経験値は３５００であと５００、ゴブリンリーダーを十二匹倒せば足りる計算だから、決して無理な数字じゃない。

けど俺は……あの黒いゴブリンが変心をしないかどうかがずっと気にかかっている。

もしあいつがその気になればランブルの街が消える。

そんな不安を抱えていては、俺も含めて街の奴らが安心して暮らすことはできない。

そこまで詳しい事情が説明されているわけではないが、最近のランブルの住民は皆一様に暗い顔をしている。

騎士団や冒険者たちの増援が来るまでにはまだまだ時間がかかるということだった。

やっぱり……俺たちがやらないといけないと思う。

攻められてから街を守るのは難しい。

だけどこちらから攻めてゴブリンを倒すのなら、まだやりようはある。

魔物は力を持つ頭に統率されることで実力以上の力を発揮する。つまり頭さえ潰すことができれば、危険性は大きく減るのだ。

再戦するタイミングとしては……二人ともレベルが上がり、アイルが新魔法を覚えた、今が最適だと思う。

新たな武器を手に入れ、レベルを上げ、使える新魔法も手に入った。

これで無理だったのなら、仕方がない。

俺たちとしても諦めがつく。

「行きましょう、チェンバーさん」

「ああ、俺たちの手で、ランブルの街を守ってやろうじゃないか」

◇◆◇

今度こそあのゴブリンに勝つべく、俺とアイルは森深くへ進むための用意をしっかり行っていくことにした。

あのゴブリンがどこにいるかはわからないが、半ばあたりを主な狩り場としていた俺らとほとんどかち合わなかったとなると、まず間違いなく森の奥深くの方になるだろう。

となれば俺たちも今までとは違い、日帰りではなく泊まり込みで戦う必要が出てくるだろう。深くまで進むとなると、さすがに一日じゃ帰ってこられないからな。

というわけで野営ができる装備を調《ととの》え、二人ともリュックを背負い、戦闘の際はそれを投げ捨てて戦うという感じで森の深部の探索を開始することにしたのだった。

森で大量のゴブリンたちと戦っていて、いくつかわかったことがある。

まず第一に、彼らは群れと群れの間で連携のようなものをまったくとらない。

文字がなく、手紙のような連絡手段がないというのもあるかもしれないが……ゴブリンには伝令のような役目を考えるだけの知能はないらしかった。

そして第二に、ゴブリン同士は別に仲が良くないという点だ。

同じ群れの中にいるゴブリンたちは、基本的に仲が良《い》い。

だけど別の縄張りを持つゴブリンたちとは、まったく手を組むような様子がない。

一緒に狩りなどをしないのはもちろんのこと、ひどい時はゴブリン同士で争うようなこともあった。

人間も同族同士で戦争とかやりまくってるから相手のことは言えないが、どうやらゴブリン同士でも諍《いさか》いのようなものはあるらしい。

ゴブリンの生態も結構わかったが、戦闘には関係ないことも多いのでその辺はいいか。

俺たちはあのゴブリンを探すにあたって、まずは一際大きな群れを探すことにした。

恐らくはあいつが仕切っている群れこそが、この森の中で最大の勢力だろうと推測したからだ。

群れの位置がわかれば、そこからあいつの居場所も類推できるようになるはずだ。

森を深く進んでいくにつれ、ゴブリンの群れの規模も少しずつではあるが大きくなってきた。

そしてゴブリン以外の魔物たちの姿も頻繁《ひんぱん》に見かけるようになってきた。

オークとか、イノシシ型のケイブボアーや、蜘蛛《くも》型のパラライズスパイダーたち。

森の中に生態系があり、ゴブリンたちはその中でしっかりと生きていた。

数が圧倒的で、他の魔物たちを駆逐してしまっていた、入り口から中程あたりまでとは対照的だ。

ゴブリンだけと戦っていたのとは違い、俺たちも今までとは戦い方を変えていかざるを得なくなった。

意識外から突然襲いかかってくるパラライズスパイダーは特に注意が必要だった。

ゴブリンたちを倒そうとしているタイミングで、木の上からこちらに噛《か》みついてこようと不意打ちを仕掛けてくるのだ。

けれど俺たちは事前に大量のゴブリンたちを相手取って、レベルを上げている。

その効果は遺憾《いかん》なく発揮されており、道中の他の魔物たちの襲撃に対しても、さして手間取ることもなく全てを処理することができた。

夜の警戒は基本的に、何度か交替しながら行っていく。

二回番をして二回仮眠をとるって感じだ。

時計は高級品で持っていないので、ざっくり体内時計で替わっているが、こちらも問題は起きなかった。

そしてどうやら俺たちは、レベルアップに伴って身体自体も頑丈……というか、以前より壮健になっていることがわかった。

日帰りで宿で寝ていた頃よりも絶対に睡眠時間も少なく、そして睡眠の質も悪くなっているはずだ。

けれど不思議と、身体が不調にならない。

以前と比べても、なんら遜色のないパフォーマンスを発揮することができていた。

レベルアップの恩恵は、こんなところにもあったのである。

もっとも、毎日警戒をしながらの生活では、精神的な疲労はどうしても溜まる。

ぶっ続けで魔物のいる領域に留まれるとは言っても、普段はやっぱり今までみたいな生活をしていた方が精神衛生上いいだろう。

そんな生活が数日続き、どこまで先へ進めばいいのかと若干不安になり始めた時に、その兆しは訪れた。

明らかに規模の違うゴブリンの集団を、見つけることに成功したのだ――。

◇◆◇

（あれって……）

（ああ、明らかに変だよな）

それは今まで見てきた群れとは大きさから何から、あらゆるものが違っていた。

俺たちが今まで見てきたゴブリンの群れというのは基本的にどこかに定住することもなく、ただ今日食べるものを探し求めてふらついている奴らだけだった。

だがそこにいるゴブリンたちは、明らかに村のようなものを作っていた。

畑などはなく、簡素なあばら屋みたいなものが大量にある感じだ。

しかし、それは間違いなく、一つの集落だった。

もしかしてこれが、ゴブリンたちがランブルの街を襲わない理由なんだろうか……？

大量のゴブリンを相手に下調べもせずに突っ込んでは、何が起こるかわからない。

彼我《ひが》の実力をしっかり把握するため、まずは冷静に観察をしていく。

家屋《かおく》の数は数十あり、外に寝転がっているようなゴブリンもいる。

家の外にいるゴブリンや、外へ狩りに行っているゴブリンなども加えると……その総数は、千に届くんじゃないだろうか。

周囲には防衛のための柵が置かれており、ゴブリンたちはいつ侵入者が来てもいいようにか、手近なところに手斧《ちょうな》を持っていた。

どうやらある程度は知恵があるらしい。

それに、これだけ大きな規模を維持できてるとなると、やっぱり上にいる奴の頭はかなりよさそうだ。

「……」

脳裏にあの黒いゴブリンの姿が思い浮かぶ。

あいつは供もつけずに一人で俺たちの下へとやってきた。

この集団を率いるようなリーダーシップを持っているんだろうか……少し違和感を覚えるが、今はおいておく。

下手にバレれば戦闘になりかねないので一旦引き、いつものようにゴブリン狩りを進めていく。

今回はあまりハイペースにはやらず、ゴブリンたちの監視に注力することにした。

そして……見つけた、あいつだ。

黒いゴブリンが集落の中に入っていく。

さすがに俺たちに見られているとは気付かなかったようだ。

俺たちのスニーキングの能力も徐々に上がりつつあるな。

まだ見続けていると、面白いことが起こる。

あの黒いゴブリンが、同胞のゴブリンたちを斬り付け始めたのだ。

見せしめのようなものなんだろうか。

どうやらゴブリンたちも、決して一枚岩ではないらしい。

あいつは数匹ほどゴブリンを殺してから、すぐに集落を出て行った。

他に追ってくる奴はいない。

いつかと同じ、あいつが一人になったタイミングだ。

しかも今回は立場も逆転している。

奇襲を仕掛けることができるのは、あいつではなく俺たちだ。

集落の奴らに勘付かれたら面倒なことになるが……中に入って戦うより、一匹でうろついている今の方が、確実に勝つ確率は高くなる。

行くべきか、それとも待ってより慎重を期すべきか。

アイルとアイコンタクトを交わす。

行きましょう。

彼女の目は何よりも雄弁にそう語っていた。

そして俺も、その考えに同意だ。

目の前に最高とは言えずとも、十分に素晴らしい果実があるのなら、まずはそれを採りに行くべきだろう。

俺たちはあのゴブリンにバレぬよう、しっかりと距離を取りながら、戦うための準備を整《ととの》えていく。

◇
◆
◇

数分もすれば、準備は完全になった。

トールに雷光を溜め、エンチャントライトで光属性を付与し、すぐに全力を出す用意も完了している。

だからあとは、あのゴブリン相手に奇襲ができるだけの隙。それさえあれば完璧だった。

「キッ！」

黒いゴブリンが剣を使い、イノシシを一刀両断した。

絶命を確認してから、ふっと一つ息をつく。

――今だっ！

どちらが言ったわけでもなく、俺とアイルが同時に駆け出す。

アイルは途中で止まり、自分の魔法の効果範囲をしっかり理解した上で、魔法発動のタイミングを合わせようと俺へ意識を向ける。

ヒールを俺へ使うのに、直接接触する必要はない。

仲間へ飛ばせるのは、大体中距離まで。

その射程をしっかりと把握できているからこそ、アイルが自分の位置取りを間違えることはない。

プリーストであるアイルからすると少し危険な距離ではあるが、彼女もそれだけの覚悟を持って戦いに臨んでいるってことだ。

この戦い――負けるわけにはいかないっ！

足を前に出す。

左足よりも右足はもっと速く。

それを繰り返していくうちに、あっという間に最高速度へと到達する。

駆ける。

背中に羽が生《は》えたように軽やかに。

地に根を張っているような力強さで。

距離が縮まると、ゴブリンがこちらの存在に気付く。

そしてこちらに向けて剣を構えながら――歯を見せて笑った。

まるで戦うことが楽しくて楽しくて仕方ないといった表情だ。

俺たちはなんとかしようと必死になってるっていうのに、こいつにはそんなことは関係ないわけだ。

剣と剣が、互いにぶつかり合う。

俺の防御を捨てた全力の一撃。

更に上昇したステータス。

正真正銘の俺の全てを乗せた一撃は――剣を持つ手を吹き飛ばし、ゴブリンの顔面に思い切りぶち当たった。

「ガ、ギッ――⁉」

よろけながらも後退するゴブリンの鼻からは血が流れている。

頬には深い斬り傷ができ、そこからも血がだくだくと流れている。

そして鼻はおかしな方向を向いており、折れているのが俺から見ても明らかだった。

効いてる――以前とは違い、しっかりと攻撃が通ってるぞ！

倒せる、これなら――。

「ギ……ギィガアァッ‼」

ゴブリンの右腕にある刺青が光る。

そしてそれと同時――その身体が、メリメリと音を立てて巨大化し始めたっ⁉

剣を上段に構えるゴブリンの肉体が大きくなっていく。

結果として振り下ろしの際の威力もまた、加速度的に上がっていくだろう。

変身を最後まで待ってやる必要はない。

俺は未だ変貌《へんぼう》中のゴブリンのどてっぱらに一撃を加えてやった。

斬り傷から血が噴き出すが、それでもまだあいつは笑みを崩さない。

自分が負けるとは、つゆほども思ってないって表情だ。

そして変身が終わる。

そこには――ゴブリンリーダーを一回り大きくしたような、巨躯《きょく》の黒鬼が立っていた。

そして俺のトール同様、あいつの持つ剣からも緑色のオーラが噴き出している。

多分だけどあれも……邪神の加護だよな。

見れば既に折れていた鼻は、真っ直《ます》ぐに戻っている。

潰れていたはずの、前回ダメージを与えた左目も、完全に回復していた。

あの変身……怪我まで回復させるのか。

人のことは言えないけど……あっちもまああむちゃくちゃしてくるな。

けど今まで治さなかったってことは、多分なんらかのデメリットがあるか、制限があるんだろう。

何の制限もないなら、さっさとあの左目を治していたはずだからな。

だったらその手札を今切らせることができてよかったと思うべきだ。

まあ、そんな簡単に勝負が決まると思っちゃいない。

こっちだって、しっかりと準備万端で挑んでるんだ。

そう簡単に後れは取らんさ。

「ッガアアアッ!!」

「そっちが本性ってか！」

身体が巨大化する前の寡黙さはどこへやら、今やゴブリンは他の奴ら同様獰猛《どうもう》な声を上げ、ただ全力で力を振るう。

俺もそれに合わせるようにトールで一撃。

「ギイッ⁉」

ゴブリンの方も引く気は毛頭ないらしく、こちらに攻撃を仕掛けてくる。

お互いの膂力を振り絞った一撃同士がぶつかり合う。

押し勝ったのは俺の方。

力負けしたゴブリンの方が、ズザザッと砂埃《すなぼこり》を巻き上げながら後ろに押し出される。

どうやら全力を出せば、力比べならこっちに分があるらしい。

なら選ぶべきは——全速前進だろっ！

更に前に出る。速度は同等、力はこちらが上。

柄を短めに持ち、手数を重視してコンボを狙う。

横に薙《な》ぎ、落とし、それを斜め上に引き上げてから再度落とす。

力でこちらに分があり、かつ向こうは変身しても速度自体はそこまで速くはない。

自然、さっきまでと同様あちらが防戦一方になる展開になった。

相手が後退すれば、それに合わせて剣を押し込む。

相手が前進するのなら、それに合わせて押し返す。

単調で、けれどミス一つ許されない緊張感の中、ダメージを蓄積させていく。

以前と違い、攻撃をちゃんと当てればゴブリンはのけぞる。

そしていいところに一撃が当たれば、しっかりとダメージを入れることができ、衝撃に耐えきれずゴブリンは口から血を吐き出す。

ただただ硬いものを叩いていたようだった前回とは違い、攻撃がヒットする瞬間にこちらに返ってくる手応えもしっかりある。

攻撃が届いているという事実を、目で見て手で感じて理解することで、己のパフォーマンスに変えていく。

次に攻撃すべき場所が、攻撃を繋げるべきポイントが、まるで最初から知っていたみたいにわかるのだ。

今の俺は、未だかつてないほどにノッていた。

今なら誰を相手にしても、負ける気がしない。

「うおおおおっ!!」

「ガッ！　ギッ！　グッ！」

しっかりとこちらを見据《みす》えるゴブリンに対し軽い一撃。

それをいなそうとする相手に対して勢いをつけた逆撃を。

そのまま離れていく右手の付け根に対してまた軽い一撃。

のけぞったらその間隙を利用して溜めを作り、しっかりと力を込めて攻撃を放つ。

面白いほどに攻撃が当たり、相手の攻撃は俺にかする程度。

ＨＰによるダメージ軽減と適宜入るアイルの支援によって、俺はほとんど傷を作ることなく戦いを進めることができている。

「ライトジャベリン！」

不意を狙うように、アイルも果敢に魔法で攻め立ててくれる。

ゴブリンは苛立《いらだ》たしげな表情を浮かべ、彼女の下へ行こうと試みる。

まあ、させないけどな。

「うおらっ！」

「ゴガッ⁉」

無防備な背中へ一撃。

アイルのところに行かせるもんかよっ！

お前は――俺と戦え！

向き直るゴブリンが、剣を構える。

――背筋に、冷たい感覚が走った。

ゴブリンが放ったのは突き。俺とこいつの速度は同等。だから迎撃はできるはずだが……何故《なぜ》か俺はこいつの攻撃を受けることしかできなかった。

「ぐうっ⁉」

純粋な腕力ならこちらに分がある。向こうはそれを理解したからか、先ほどまでとは攻め方を変えてきた。斬り付けられるなら、速度が同じ俺が迎撃できる。実際向こうの斬り付けに対して、俺はトールをぶつけて押し勝つことができていた。

斬り付けから突きに。その技の変化の効果は劇的だった。

突きは点の攻撃であり、斬撃よりも技の出が速い。重量のある大剣を持つ俺は、ゴブリンの突きに対して避けるか剣の腹で受けるか、もしくは突きをこちらも放つしかない。

カウンターを狙うなら相手の一撃をもらいながら放たなくてはならないが、身体の丈夫さ、頑丈さならば分はあちらにある。分の悪い賭けになるのは明らかだ。

叫ぶこともなく、それどころか息一つ乱すこともなく放たれる、静かな突き。

剣を前へと突き出し、引き、再度前に出す。そんな単純な動作を繰り返しているだけだというのに、放たれる突きには、どこか玄妙な趣《おもむき》があった。

達人が磨《みが》き上《あ》げたかのような、一切《いっさい》の無駄のない身体の動かし方。

いったいどれだけ突きを放てばその領域に辿り着けるのだろうかという速度と精度の連続攻撃。

先ほどまでとは一転、こちらが守勢に回らされる。

このゴブリンを相手に、着けている鎧《よろい》などないも同然。

ＨＰとこの肉体で、直《じか》に攻撃を受け続けるしかない。

トールを横向きに構え、相手の剣をいなす。

そして致命傷を避けながら、とにかくチャンスを探す。

再度攻めに転じることのできるチャンスを。

何か……何かないか？

考えながらトールを振るい続ける。

頬に走るいくつもの鋭い痛み。

斬り傷からはポタポタと血が流れ出し、地面にいくつものシミを作った。

「ガアアアッ！」

己の内に秘めた破壊衝動を思い切り出しているような雄叫《おたけ》びにもかかわらず、その剣筋はあくまでも冷静そのものだった。

身体が大きくなったことによる獣性が薄まってしまったかのようだ。

その太刀筋は、今までよりもずっと正確で真っ直ぐだ。

もしかするとこれが、あいつの本気なのかもしれない。

どこかに活路はないか。

それを探しながら、防御を続ける。

防具を貫通し、腕に傷を負った。

けれど痛みはほとんどない。

あるいはあるのかもしれないが、戦闘の昂《たか》ぶりからかまったく感じない。

続く防御。

トールを盾のように使うやり方は、ある程度の効果があった。

向こうの得物も、恐らく純粋な鋼鉄製ではない。

それより硬い鋼属性の鍛造剣だろう。

だがそれでも、武器としての格はトールの方が圧倒的に上だ。

恐らくミスリルと何かの合金で作られているこの武器で、剣と打ち合う度にその刀身に刃こぼれを生じさせることに成功していた。

得物は明らかにこっちの方が上等だとわかっているからか、向こうはこれ以上刃が欠けることを嫌い、基本的には突きを、そして隙を見ての斬撃というスタイルを貫いている。

故に狙うべきはこの二つの転換点、つなぎ目。

ビッと俺の目の真横を剣が通り過ぎる。

先ほどまでより一段と多い血液が、パッと花が咲くように飛び出した。

自分の攻撃がヒットしたことを察知したゴブリンが、痛打を与えるべく今までの小ぶりの突きをやめ、斬撃に転じる。

俺はその瞬間を見逃さずに、前に出た。

斬り付けに最も威力が出る、振り下ろして勢いのついた剣が通るはずの空間。

そこよりも更に一歩前に出ることで、重さや腕力が剣に伝わるよりも速く、俺自身が斬撃を食らう。

鎧が斬り付けられ、斬り裂かれる。

だが内側の肉体までは……裂けなかった！

ＨＰによる相手の攻撃の減退に感謝しながら、俺は剣を振り腕が伸びきっているゴブリンの頭部に、思い切りトールを叩きつける。

ドゴッという鈍い音が鳴り、一瞬の静寂。

両手持ちで思い切り叩きつけたせいで、指の先が痺れる。

ゴブリンの身体がくらっと揺れる。

その症状は、完全に脳しんとうのそれだ。

今のうちに攻撃を……と思った瞬間、一気に剣が重くなる。

トールが内側に雷光をため込める限界を迎え、光が消え去ったのだ。

構うものかと、先ほどまでよりも重たくなったトールを握り締める。

振り下ろして地面につきそうになっているトールを、接地の寸前でピタリと止める。

そして足先に力を込めて、それを思い切り上へ跳ね上げる。

再度ゴブリンの頭部にヒット、これで少しは動きを止められる時間が伸びたはずだ。

「エンチャントライト、ヒール、ライトジャベリン！」

前方からアイルの援護が飛んでくる。

ライトアローの連発だけじゃなく、別々の魔法の連続発動まで⁉

ここにきてアイルも覚醒したようだ。

俺は目の横にあった大きめの傷が塞《ふさ》がっていくのを感じながら、わずかに光を放つトールを突き出す。

三撃目を、ゴブリンへと当てる。

そして四撃目を――。

ゾッと、得体の知れない怖気《おぞけ》がした。

俺は攻撃のために溜めていた動作をキャンセルし、そのまま大きく後ろに下がる。

そしてその後すぐに、俺の第六感が正しかったことが判明する。

「グラアアアアアッ‼」

ゴブリンが、更に野太い雄叫びを上げる。

そしてその目を爛々《らんらん》と光らせながら、荒々しい一撃を繰り出してきたのだ。
剣が起こした風圧で、俺の前髪がふわりと上がる。
つぅっと、俺の眉間《みけん》から血が垂《た》れる。
どうやら完全に避けきれなかったらしい。速度が更に上がったのだ。
マジかよ……この土壇場で、まだパワーアップするのかこいつ。
何段階力を強めてくるんだ。
これが続くと、さすがにどうしようもないぞ……。
ゴブリンがこちらに迫ってくる。
さっきまでよりも明らかに速くなっている。
「グラアアアアッ‼」
「ふんぬうううぅっ！」
激突。
今度は一撃の勢いがほとんど同じで、重量の差で向こうがわずかに下がった。
スピードだけじゃない。攻撃の威力まで上がってきている。
今はもう、俺とほとんど変わらないくらいまで。
「グラアアアアッ！」
先ほどまでのような冷静な戦い方はどこへやら。

ゴブリンは俺を親の仇《かたき》のように睨《にら》み、思い切り剣を叩き込んでくる。

自身を防御するなどという選択肢をハナから捨てているかのような、捨て身の一撃。

高速で放たれたその斬撃を完全に回避することはできないと察した俺は、致命傷にならない程度の傷は覚悟して、カウンターを放つべく動いた。

交差、噴き出す血と鳴り響く重低音。

こちらもあちらも、自身の身など顧みない戦い方をしている。

ズキズキと痛む傷を治す暇もなく、再度の激突。

剣の欠片《かけら》が飛び散り、俺とゴブリンの両方へと降《ふ》り注《そそ》いでくる。

爛々と輝く目を見て、俺は確信した。

多分あいつは、なんらかの状態異常を起こしている。

邪神の加護は、ただ魔物を強化するような、何のデメリットもないようなものではないらしい。

最後のパワーアップをするまでのゴブリンには、たしかな術理があった。

どんな時にどう剣を振り、相手がこうしてきたらこのように対応する。

体系化された剣術ではないが、あのゴブリンが戦いの中で身につけた、我流剣術のようなもので戦っていたことが、干戈《かんか》を交えた俺にはわかった。

「ふっ――シイッ！」

「ガアアアアッ！」

けれど今のゴブリンにはその一本通った筋がない。

力も、スピードも増しているが、ただ強化された身体能力を使い、力任せに剣を叩きつけているだけだ。

これなら、なんとかなるかもしれない……。

そんな風に考えながらトールを振るうが、胸中には懸念が一つある。

先ほどから、アイルの魔法が飛んでこない。

恐らく今の彼女は……ＭＰが枯渇寸前なんだろう。

戦いの最中、アイルは既にかなりの量の魔法を使用している。

彼女のＭＰは今や70近いが、それでもライトジャベリンは5でヒールは3、そしてエンチャントライトの場合は４のＭＰを消費する。

ＭＰは時間経過によって回復はするが、この戦闘自体、まだそれほど時間が経《た》っているわけではない。

回復したＭＰは消費量と比べれば微々たるもの。

恐らく一番最初にガス欠になるのは、敵にも味方にも魔法を使っているアイルになるはずだというのは、事前のブリーフィングでも話し合っていた。

その時のために、策は一つ練っている。

俺が今、ヒールが飛んでこないような状況下でも、こんな一見するとやけっぱちにしか見えない捨て身の突撃を繰り返しているのも、それが理由だ。

今の俺は、今後のことはとりあえずうっちゃっておき、ひたすら相手に重たい一撃を与えることだけに集中している。

本当にヤバくなった時に、アイルならば俺の期待に応《こた》えてくれると、そう信じているから。

激突。

激しくぶつかり合い、お互いの身体に傷をつけていく。

汗がかかるほどに近い距離で、相手の呼吸がわかるほどの至近距離で、俺たちは剣とトールをぶつけ合う。

ゴブリンの剣は既にかなり刃こぼれしているが、未だその斬れ味は十分に高い。

俺の身体には絶えず新たな傷が生まれていき、深く刺さった部分からは面白いように血が噴き出す。

対するゴブリンには攻撃は打ち込んではいるのだが、そのダメージは非常にわかりづらい。

攻撃を食らう度にのけぞったり一瞬意識を失ったり、口や鼻から血を流したり。

効いているのは間違いないんだが、どれくらい効いているかがわからない。

一進一退の攻防が続く。

恐らく実際には、数分しか経ってはいないだろう。

けれど俺にはゴブリンと交わす命のやり取りが、まるで永遠に引き延ばされているかのように感じられた。

力任せになった分、対処はしやすくなったし、カウンターを合わせやすくなった。

確実にダメージは蓄積されているはずだ。

俺の方だって動きにキレがなくなっているが、あちらさんの動きもどんどんのろくなっている。

——けれどやはり人と人外じゃあ、同じ土俵には立てない。

トールを握り、もう何度目になるかも忘れた踏み込みのために足へ力を込めた瞬間……ガクリと膝《ひざ》から力が抜ける。

そして一瞬体勢を崩し、トールが手からすっぽぬけそうになる。

それを立て直すまでにかかった時間は、一秒にも満たないだろう。

だが目の前の人外は、そのタイミングを野性的な本能で察知し、決して逃さなかった。

ゴブリンの剣が、俺の胸に吸い込まれていく。

そして思い切り撫《な》でるように斬り付けられ、今までとは明らかに違うほど大量の血液が噴き出した。

俺はもう一度ガクリと身体を落とす。

その様子を見て、ゴブリンがニタリと笑った。

そしてその様子を見て——俺もまた、ニタリと笑う。

「チェンバーさんっ！」

遠くから聞こえてくる、アイルの叫び声。

俺は口から血を吐き出し、明らかに致死量の血を流しながらもトールを構え——そして全力で振った。

『レベルアップ！　チェンバーのＨＰ、ＭＰが全回復した！　チェンバーのレベルが13に上がった！』

天から聞こえてくる声と、回復していく俺の肉体。

勝利の愉悦に酔っているゴブリンは、全快した俺の攻撃に反応ができない。

このタイミングを見計らい、既にトールに溜めている雷光の量は最大だ。

——ゼロ距離で食らってみやがれ、クソッタレ！

俺も一緒に、焼かれてやるからよ！

「どっせえええええええい！」

俺の全力の一撃が、ゴブリンに突き刺さる。

そしてその傷口に、雷撃が迸る。

俺とゴブリンは、光の奔流《ほんりゅう》の中へと飲み込まれていく——。

俺たちが考えていた作戦。

それはレベルアップ寸前まで経験値を溜めておき、戦闘の最中にレベルを上げ、ＨＰとＭＰを回復させることで継戦《けいせん》能力を維持させるというものだった。

最初にレベルアップした時を除くと、必要となる経験値を獲得した段階でレベルアップは発生する。

そして経験値は、パーティーの誰が敵を倒しても皆に平等に与えられるという特性がある。

この二つから着想を得たのが、レベルアップ寸前まで経験値を溜めてからは戦いを控え、いざという時の戦いの最中にレベルを上げて全回復するという戦法だ。

俺たちは今回この作戦を実行するため、脚を折って瀕死《ひんし》の状態であるパラライズスパイダーを森の様々な場所に置いていた。

非常食のような形で、ここぞというタイミングで経験値として使うために。

俺が致命的な一撃を受け、ゴブリンが完全に気を抜いた瞬間。

アイルがパラライズスパイダーに止《とど》めを刺し、俺のレベルを上げてくれたのは、まさに絶妙で最適なタイミングだった。

暴力的なまでの雷撃が轟《とどろ》き、光が消えていったその場所には――。

「……」

「へへっ、さすがにゼロ距離なら、ちゃあんと効いたか……」

物言わぬ骸《むくろ》となったゴブリンと、全身からブスブスと黒い煙を上げている俺の姿があった。

ゴブリンは地面に倒れ込んでいる。

腹には雷撃が突き抜けた痕があり、少し黒ずんでいた。

死んでいることを確認するために数度その死骸を叩く。

反射で動くことも、こちらにカウンターを叩き込んでくることもない。

完全に息の根が止まっている、ということを理解したその瞬間。

同様に至近距離で雷撃を食らった俺は、そのまま地面に倒れ込んだ。

「チェンバーさんっ！」

遠くからアイルの声が聞こえてくる。

そんなに焦《あせ》る必要なんかないさ。

レベルアップで回復したおかげで、なんとか生きてるから。

しかし至近距離から雷を打ち込むのは……さすがにきついみたいだな。

ＨＰがある程度カバーしてくれている俺が死にかけているんだから、普通の人間が使えば一発でおだぶつだろう。

元の持ち主だったトールさんは、多分こういう使い方はしなかったんだろうな……。

だがあの黒いゴブリンを倒せるだけのバカ火力。

なんとしてでも勝ちたい特攻の手段としては、決してナシじゃない。

ステータスを確認してみれば、今の一発だけでＨＰが八割ほど削れていた。

ＨＰなしで食らっていたらどうなるかと考えると、それだけで恐ろしいな。

「アイルのＭＰはどれくらい残ってる？」

「今レベルアップしましたので、全快ですよ」

「あ、そっか。それを忘れてた」

「余裕ありますので治しますね。ヒール、ヒール、ヒール」

アイルが、俺の身体中の傷を癒《い》やしてくれる。

アイルは疲れも大分取れてるはず。

帰りは俺がちゃんとまともに動けるようになるまで、彼女に頼りっきりになりそうだな……。

「とにかく一刻も早くここを発《た》たなくちゃ。いつあの集落のゴブリンたちが来るかわからないし」

「あ、あはは……チェンバーさん、どうやらもう遅いみたいです」

乾いた笑いを浮かべながら、俺の背中の方を指さすアイル。

そこにはこちら目掛けて進軍を始めている、ゴブリンの群れがいた。

ゴブリンメイジもソードマンも、リーダーもいる。

森の木々に隠れて全てが見えてはいないが……恐らくあの集落にいたゴブリンたちが、総出でやってきているんだろう。

その先頭を切っているのは、俺がまだ見たことのないゴブリン。

邪神の加護によって強化を受けたあの黒いゴブリンのフルパワー状態と変わらぬほどの巨軀《きょく》を持つ、緑色の巨大な鬼だ。

俺はそいつを見たことで、今までの違和感の正体に気付いた。

「――俺らが倒したゴブリンは、群れを統率せずに単独行動しかしていなかった。つまりこちらにゆっくりと歩いてきているあいつが……」

「あの集落を作り上げた魔物、ってことですね……」

その体躯から何から、俺が事前に聞いていたものと一致している。

ということはあれが……Bランクの魔物のゴブリンキング。

今しがた激闘をしたあのゴブリンに、勝るとも劣らない強敵だ。

勝てるだろうかという思いと、全身から感じるけだるさを、なんとかして抑え込む。

既に捕捉されている現状では、俺たちはあいつを倒さなくちゃいけない。

絶対にだ。

俺はまだ、こんなところで死ぬわけにはいかない。

「悪いなアイル、まさかこんなことになるとは……」

「いえいえ、二人であがけるところまであがきましょう」

俺がトールを、アイルが杖《つえ》を構える。

「グラアアアアアァァッ!!」

そしてゴブリンキングは俺たちを見て、雄叫びを上げた。

それと同時にゴブリンたちも思い思いの叫び声を上げながら、こちらへと殺到してくる。

気合だけでも負けぬよう、俺たちも声を張りあげながら向かっていく。

こんな、ところで――終わって、たまるかよっ！

「チェンバー、よく頑張ってくれた。あとは僕たちが引き受けるよ」

ストン。

ほとんど音を立てずに、何かが落ちる。

俺のすぐ近くまでやってきていた、魔物の首。

ゴブリンキングの首が、瞬きよりも速くコトリと地面に転がった。

そんなありえない出来事を起こしたのは、突如として俺の目の前に現れた一人の人物。

その背中は。

その、背中は――。

「見違えたね、チェンバー。加護持ちを狩るなんて、すごいじゃないか」

俺が追いかけ続けた、たった一人の親友――ジェイン。

いったいどういうわけか、もう二度と会うことはないと思っていたあいつが現れたのだ。

――そうかっ、増援！

増援として余所《よそ》の街から来た者が、ジェインってことか！

「オーヴァードライブ・チェインライトニング」

パチリと、ジェインが指を鳴らす。

それだけでどこからともなく稲妻が飛び出し、ゴブリンたちへと襲いかかった。

ゴブリンからゴブリンへ。

その稲妻はまるで生き物のようにゴブリンたちの間を飛び回り、分裂し、横へ横へと広がっていく。

ゴブリンも、ゴブリンメイジも、ゴブリンリーダーも、皆が一様に絶命していく。

そして一瞬のうちに、視界にいたゴブリンのほとんどが焼け焦げて死に絶えた。

ジェインの魔法の範囲外にいたゴブリンたちも、さすがの異常におののき、その足を止めている。

一瞬のうちにゴブリンキングと、数百を超える同胞が死んだのだ。

それを見て足を止めるのは、生物的になんらおかしなことではない。

「ジェイン……お前、むちゃくちゃだな。それにその剣……」

ジェインの手には、見たこともないほどに強い輝きを宿す剣が握られていた。

その白く静謐《せいひつ》な光は、こんな緊急事態の中にあってもどこか落ち着いてしまうような、安らぎを与えてくれる。

業物《わざもの》、という言葉で表すのは陳腐に思える。

美術館に展示されていてもおかしくなさそうな、芸術的な美しさ。

そしてゴブリンキングのそっ首を一瞬で落とせるようなあまりにも高い斬れ味。

そんな二つを同居させている剣は、あまりにも綺麗で、そして物騒だった。

「これは聖剣フリスヴェルグ。まあひょんなことから、封印されたこの剣を見つけてね。選ばれた者以外には抜けないと聞いたから試してみたら、普通に抜けたんだよね。それからは僕の相棒だよ」

スッと、ジェインが言い終えるのを待っていたかのように一人の人物が彼の横に立つ。

そこにいたのはプリースト……にしては少し露出度の高い格好をした女性だった。

赤い修道服を着ているその女性は、人形めいた美しさを持っている。

そのプロポーションから顔の造形まで、あまりにも何もかもが整いすぎていて、逆に違和感を覚えてしまうのだ。

「そして彼女が、聖剣の龍巫女《りゅうみこ》のドラグウェル。一見人にしか見えないけど、実は聖剣を代々守ってきた人造龍なんだ」

「ちょ、ちょっと待ってくれ！　あまりにも超展開すぎて、さすがの俺も思考が追いつかない」

ジェインの奴、俺がシコシコ頑張ってきた間に、どんな大冒険を繰り広げてきたんだよ……。

俺も相当頑張ってきたんだが、こいつの冒険譚《たん》からすると超霞《かす》むじゃねぇか……。

要約すれば、俺がやったことって、ゴブリン狩りめっちゃ頑張ってたの一言で言い表せるからな……。

「ジェイン、急がんとゴブリンを討ち漏《も》らすぞ」

「ああ、チェンバーはゆっくり休んでて。エクストラヒール」

ジェインは俺に回復魔法をかけて、そのままゴブリンの群れに突っ込んでいった。

というかこの回復魔法、上級回復魔法のエクストラヒール……そもそもジェインって回復魔法使えなかったはずなんだが……まあそんなもんかとも思う。

情報過多すぎて、ちょっと感覚が麻痺《まひ》してきたぞ。

俺たちの目の前で、ゴブリンの群れがあっけないほど簡単に蹴散らされていく。

その総数は、俺たちが想定していたよりもずっと多い。

多分数は、千を優に超えている。

もしかしたらあの集落以外にも、いくつかゴブリンたちの暮らしていた場所があったのかもしれないな。

もしジェインが来てくれていなかったらと思うと……ぞっとする。

あの大群がいつランブルにやってくるかもわからなかったわけだ。

さすがにゴブリンキングまでいたら、俺たち単独じゃ勝てなかっただろうし。

俺とアイルは、急に始まったジェインの無双を、気の抜けた表情で見つめていた。

「アイル、あれが俺たちの目指すべき場所だ」

「え、えぇ……あれは、さすがに無理じゃないですか？　ほら、今もゴブリンが吹っ飛んで……わっ、なんか台風まで起きてます！　無理です、あそこまでは無理ですってば！」

無理なもんかよ、まあたしかに今すぐは無理かもしれないが……俺たちにだって、きっと辿り着けるさ。

目標は高ければ高いだけいい。

目指すべき場所がある幸運に感謝しなくちゃ。

ジェインが剣を振る。

その刀身の延長線上に光の刃が構成され、たった一回横薙ぎを放っただけで、十匹以上のゴブリンが死んだ。

にしてもジェイン……スキルを手に入れて、完全に別物になったなぁ……。

俺はその背中がまた遠くなったことに、寂しさや悔《くや》しさ、そして負けてたまるかという思いを抱きながら、その戦いを見届けた。

そして数十分もしないうちに、ノイエの森にいる、ゴブリンキング率いるゴブリン軍団は殲滅《せんめつ》されたのだった――。

◇
◆
◇

ノイエの森で劇的な再会を果たしてからすぐ、俺たちはジェインたち新生『暁』と一緒にランブルの街へ戻ることになった。

アイルは結構人見知りが激しいタイプなのか、ジェインたち相手にめちゃくちゃキョドっていたのがなんだか新鮮で面白かった。

道中、ジェインがどんな冒険を繰り広げてきたのかを聞き、そのお返しに、俺がどんな冒険譚（と書いてゴブリン狩りと読む）をしてきたのかを、やや誇張気味に説明してやった。

「アイル、俺たちも語尾にワンとかつけて、もっとキャラを濃くしていった方がいいかな？」

「そんなキャラ付けされるの嫌ですよ⁉　チェンバーさん落ち着いて下さい、あれはジェインさんたちがおかしいだけです！　むしろチェンバーさんだって、世間からすれば奇人変人の部類に見えているはずです！」

慰《なぐさ》められているのかけなされているのかわからない言葉をいただいたりしながらも、帰りの道はほとんど何の心配もすることなく万事つつがなく戻ることができた。

なんでもドラグウェルには弱い魔物を怯《おび》えさせる魔物避けのような力があるために、一定水準以下の魔物はそもそも近付きさえしないようだ。

もう俺は、ジェインに対するあれこれをツッコむのはやめにしよう。

そう心に誓った。

けれどその決意は、彼が手に入れた無限に入る物入れ、無限収納《インベントリア》を見た瞬間に、あっけなく崩壊するのだった――。

エピローグ

「それじゃあ再会を祝して──」

「──乾杯ッ！」

ギルドへ戻り報告を終えてすぐ、早馬が大分近付いてきていたらしい騎士団目掛けて駆けていった。

ジェインの戦闘能力がここまで高いことを知らなかったディングルさんたちの驚いた顔は、それはそれは面白かった。

そして報告を終えて、一段落ついた俺たちは、とりあえず久しぶりに飲みにでも行こうと酒場へ繰り出すことにした。

ランブルの街は俺の方がよく知っている。

俺は少し悩んでから、結局いつもアイルと行っているそんなにグレードの高くない店へ入ることにした。

ジェインも店に入って気分を害した様子もない。

どうやら変わったところも多いが、根っこの方では変わらないところもあるらしい。

「ジェインには敵《かな》わないぜ。俺がえっちらおっちら強さの階段を上ってる間に、その数十倍の速度でどんどん上に行っちゃうんだからな」

「こんなに激変するのは、さすがにもうこれきりだと思うよ。でもチェンバーだってすごいじゃないか。加護持ちを倒すなんて、Ｂランクも近いんじゃないかな？」

どうやらある程度ランクが上の方になってくると、邪神の加護を持つ魔物と戦闘する機会も増えてくるらしい。

特に最近ではその数が増えているらしく、僕も既に何匹か倒したよ、とこともなげにジェインは言う。

相変わらずその背中は遠い。

俺もある程度強くなった分、その差というものがはっきりとわかってしまうのだ。

けれど悲観はしない。

だって俺もアイルも……まだまだ強くなっていける。

まだ新たな仲間を加えることだってできるわけだし。

未来の伸びしろを考えれば、俺たちの方が、きっと将来性は抜群だ。

いつかはジェインたち『暁』と肩を並べて戦う。

今はまだ遠いけれど、近い将来その望みは叶《かな》えられたらなと思う。

己の力で、叶えることができればと、そう思うのだ。

欲しいものがあるのならねだっているだけじゃダメだ。

女神様はきっと、本当に欲しいと思って、そのために努力を続けた人にしか微笑《ほほえ》んではくれないのだから。

おかわりを頼みながら、心なしか以前より陰のある笑みを浮かべるようになった気のするジェインの方を見る。

「負けないからな」

「いつまでもチェンバーの競争相手でいることができるよう、僕も精進するよ」

「怠けててもいいいぞ、そうしたら早く追い抜けるから」

「それはできない相談だね」

ふと、俺がランブルでしたことに、意味はあったんだろうかという疑問が湧いてきた。

ジェインが来るのなら、俺たちがわざわざゴブリンたちを倒し続けたことに意味なんかなかったんじゃないだろうか。

考え込む俺を見たジェインが、何事かと尋ねてくる。

別に気兼ねする間柄でもないので、俺はそのままをジェインに伝えた。

「そんなことないさ。チェンバーがいなければ、ランブルはなくなってたよ」

「どうしてそう思うんだ？」

「だってチェンバーがいなければ、僕はそもそもランブルに来てないし。それにチェンバーがゴブリンたちの脅威になっていたのが結果的に時間稼《かせ》ぎになっていたから、僕たちが来るのが間に合ったわけで。仮に僕たちが来なくても、チェンバーたちのおかげで多分騎士団もギリギリで間に合っていた。あのままだとチェンバーたちはやられちゃったかもしれないけど、それでも街は守れていたと思うよ」

「そっか……そういうもんか」

「……うん、そういうものだよ」

俺は自分が強くなったと、ちょっとばかり傲《おご》っていたのかもしれない。

自分一人でランブルを救う。

どうやらそういう大層なことをやり遂げるには、まだまだ力不足らしい。

それによくよく考えてみれば、そういうのは俺の柄じゃない。

艱難辛苦《かんなんしんく》を乗り越えて危機から人を救うのは、きっとジェインみたいな勇者が適任なんだろう。

まあでも……俺がやったことがまったくの無意味じゃなかったってだけでありがたい。

自分がやったことには意味がある。

そう誰かに思ってもらえるのって、きっと幸せなことだ。

「ジェインはこれからどうするんだ？」

「なんでも最近、以前と比べると魔物たちの活動が活発になっているらしい。僕はその原因を突き止めて、できることならそれを止めるつもりだ」

「スケールのデカい話だなぁ」

「チェンバーはどうするの？」

「あぁ、俺か？　そんなの決まってる――」

強くなるんだよ。

いつかお前を追い抜くためにな。

俺の言葉を聞いて、ジェインが笑う。

それに釣られて、俺も笑う。

いつもよりも酒が美味《うま》い気がした。塩気の強いつまみを食べながら、ジョッキのおかわりを頼む。

「チェンバー、あのさ……もしよければなんだけど、『暁』に戻ってこない？」

「……俺の答えは、わかってるだろ？」

「うん。でもたとえダメでも一度しっかりと真っ向勝負をするのが、僕のやり方だから」

「そっか……相変わらず真面目だな、お前はさ」

パーティーを追放された俺が再度パーティーに加入しないかと誘われる。そして追放した側のナルやマーサはここにはいない。

そんな結果に、思わず苦い笑みがこぼれる。いつだって、当人たちの思い通りに世界は回らないものだ。

「俺は――お前と一緒にはいけない」

「そっか、フラれちゃったね」

「フラれるってわかってて言った奴《やつ》のセリフとは思えねぇな」

ジェインたち『暁』についていくつもりはない。

もし俺が『暁』に再加入したとしても、それだけじゃあジェインに追いつくことなんてできないからな。

それにどうせなら、頑張ってきたアイルと一緒に強くなっていきたいって気持ちもあるしな。

俺は俺なりのやり方で、強くなっていくさ。

ジェインみたいに大層な理由があるわけじゃない旅路になるだろうが……何故《なぜ》だろう。

そう遠くないうちに、俺たちの道は再び交わる。

不思議とそんな予感がした。

「それじゃあチェンバーの新たな旅路を祝して――」

「ジェインの救世の旅の幸運を祈って――」

「「乾杯！」」

ジョッキを打ち付けて、酒を胃の中に流し込む。

また会おうぜ、ジェイン。

次に会う時は――もっともっと、強くなってるからよ。お前の隣に、並び立てるくらいに。

番外編　ジェインと聖剣

「はああああああっっ！」

進む、進み続ける。立ち止まることは許されない。

許されない？　いったい誰に？

そんなこと決まっている。

「僕と……僕が裏切ってしまった全てにだっ！」

剣が大気を裂きながら進んでいく。風が唸《うな》りを上げていた。

身体《からだ》の捻《ひね》りを加え、重心を移動させ、威力の上がった斬撃が、僕が思ったところへと吸い込まれるように動いていく。

平均より少し手の小さな僕のためにあつらえてもらったミスリルの剣が、魔物の身体を撫《な》でる。

（……浅いか）

皮膚に赤い線が走り、玉になった血液が風に吹かれて飛んでいく。

風に乗るように、血の塊がこちら側にやってきた。

避けてしまえば、せっかくの次撃の構えが無駄になる。

勢いに乗った血が、パッと花のように散るのにも構わず、更に前へと出た。

「グオオオオオォォッッ!!」

僕の目の前にいるのは、一匹の鬼だった。

鬼の容姿をしてる魔物はいくつもあるが、今僕が相手をしているこの破顔鬼の強さは中でも別格だ。

先ほど攻撃を当てることができたのは、首筋。もちろん、続けて狙う。

斬撃ではやはり通りにくい。であれば次は突きだ。

柄を強く握る。重心を意識し、力が分散して逃げてしまわぬように、右手と左手をくっつけるように剣を構える。

剣を突き入れる。やはり斬撃よりしっかりと、内側へ攻撃が入るのがわかった。

更に突き入れる。

引き抜いては、差し込む。筋繊維の間に、ねじ込むように。

破顔鬼が苦悶《くもん》の声を上げた。

よし、たしかに効いてるぞ。

狙い通りとほくそ笑みながら、胸への一撃を何度も挟む。そして再度首筋を狙い、相手が隙《すき》を作れるように小さな攻撃を重ねていった。

「――今だっ!!」

見つけた一瞬の隙。

けれど一撃で相手を沈めるだけの力を出すには、腕の力だけでは足りないのは、先ほどのぶつかり合いでわかっていた。

考えての行動ではなかった。けれど頭で理解するよりも早く、身体が動いていた。

気付けば僕は、跳び上がっていたのだ。

跳躍の勢いを更に足すことで威力が乗った渾身《こんしん》の突きは――今度はしっかりと、相手の急所を捉《とら》える。

「ぐ……おおぉぉ……」

深く突き刺してしまった剣を、力任せに引き抜く。

すると破顔鬼の首筋から、噴水のように血が噴き出した。

「あ、ぐ……」

そして破顔鬼は一瞬だけ目を大きく見開いてから……そのままバタリと、地面に倒れ込んだ。

「はあっ、はあっ、はあっ……」

立っているのがやっとという状態だった。

剣を地面に突き立て、膝《ひざ》に手を当ててなんとか倒れぬように歯を食いしばる。

「勝った……か」

地面に倒れ伏す破顔鬼。勢いを失ってもなお流れ続ける血が広がって、大地を真《ま》っ赤《か》に濡《ぬ》らしていた。

Ｂランクでも上位に位置している破顔鬼を倒すことに成功した。

けれど……それだけだった。

自分の血と破顔鬼の血にまみれた手で、頰に触れる。

あれほどの激戦を制したというのに、僕の表情筋はピクリとも動いてはいなかった。

満たされない……まるで穴の空《あ》いた器のように、僕の心にはぽっかりとした空白があった。

Ａランク昇格が見えているというのに。

だというのに僕の心はまったくと言っていいほどに、高揚してはいなかった。

「何かが……足りない」

僕は今日もまた一人、道なき道を進んでいく。

どこかに自分が探し求めている何かがあるのではないか。

そう期待しながら、人跡未踏の地へと足を踏み入れるのだ――。

◇
◆
◇

マーサとナルと別れてからは新たな仲間を作ることもなく、僕は一人で冒険者稼業を続けていた。

いわゆるソロ冒険者、というやつだ。

新しい仲間を探さなくては。最初はそんな風に考えて一人焦《あせ》りもしたけれど、少し落ち着いた今では、これでもいいかと思えるくらいには、安定している。

というのも、『勇者』スキルはあまりにも汎用性が高すぎるからだ。

今の僕は一人で攻撃、防御、回復の三役をこなすことができる。

一人で突き進んでいっても、何一つ問題は起こらなかった。むしろ以前と比べて、依頼の達成速度は上がってすらいた。

いや、あるいは……それこそが一番の問題なのかもしれない。

一人の方が効率よく依頼をこなすことができているということは、仲間がいる意味なんかないって言われているようなものだ。

隣に誰もいないというのは、やっぱり虚《むな》しい。けれどこれが一番効率はいい。

僕は複雑な気持ちになりながら、今日もまた魔物たちとの戦いを無事勝利して終えた。

帰ってくるのは、慣れ親しんでいるアングレイの街だ。

ギルドへ入り、今日済ませてきた依頼の報酬をもらうことにした。

「これが今日の魔物の討伐証明部位です」

「この耳は……どの魔物のものでしょうか？」

「破顔鬼の右耳ですね」

「――は、破顔鬼ですかっ⁉」

さすがに一人で破顔鬼を倒してくるとは思っていなかったのだろう。受付嬢の顔がひきつっていた。

Bランクパーティーで倒すべき魔物を、ソロで倒せる冒険者。

僕の実力は既に、アングレイで並ぶ者がいないほどに高くなっている。

最近では、アングレイの街で長いこと塩漬けになっている困難な依頼や緊急性の高い依頼が、僕に回ってくることもかなり増えてきている。

ギルドに頼りにされているのはありがたい。ギルドに貢献することができれば、その分だけランクアップも早くなるはずだからね。

「おいおいジェインさん、相変わらず半端ねぇな！」

「ジェイン、今度酒でもおごってくれや！」

ギルドを後にしようとすると、沢山の同業者から声をかけられる。

僕の名は、今のアングレイでは大分有名になっている。

最近では二つ名で呼ばれることも多いかな。

「あれが……『暁』のジェイン」

「半端ねぇ、マジオーラぱねぇ……」

高名になった高ランク冒険者には、二つ名と呼ばれる冒険者の間で名付けられるあだ名のようなものがついたりすることがある。

僕の二つ名は――『暁』。その理由はもちろん、以前に僕が組んでいたパーティーの名前からだ。

ちなみに今もパーティーの方の『暁』も、まだなくなったわけではない。

……メンバーが僕しかいないので、実質活動休止中ではあるんだけれど。

皆に笑いかけながら、軽く言葉を交わしてドアを開く。

愛想笑いばかりが上手《うま》くなっていく。

僕はこんなことのために冒険者になったのか。

最近はそんなことばかりを自問自答する毎日を送っている。

◇◆◇

「ジェイン、あなたを見込んで一つ頼みがあるの」

「聞かせて下さい」

破顔鬼を倒したその翌日。

今日は何をしようかと悩んでいたところに、ギルドマスター直々の呼び出しがあった。

もちろん断ったりはせずに、言われるがまま執務室へやってきた。

戦ってギルドの貢献度を上げられるような強力な魔物は、なかなかいるものではない。

権力者と仲良くなっていくことは、冒険者としてやっていく上で依頼をこなすことに勝るとも劣らぬほどに、大切なことだったりする。

ちなみにうちのギルドマスターの名は、ミランダという。

年齢は三十代半ばで、キリッとした鋭い目が特徴的な女性だ。

「あなた……そんなに痛飲したら、寿命が縮むわよ？」

「ハハハ……すみません。まあ老い先短い冒険者ですので、平《ひら》にご容赦を」

一応回復魔法を使って頭痛は飛ばしているんだけど、二日酔いは魔法では完全には治らない。

最近は仕事が入っていない時は、毎日夜遅くまで飲み明かし、昼前にギルドに来るというパターンが多い。お酒を飲んでいる時間だけは、全てを忘れることができるから。いけないとは思っていても、ついついやっちゃうんだよね……。

ちなみにミランダさんは、そのキツそうな見た目に反して、かなり優しくて面倒見のいい人だったりする。

「……まあいいわ、それじゃあ詳しい話をさせてもらうわね」

ミランダさんが僕に頼んできたのは、北にある謎の祠《ほこら》の調査だった。

なんでもアングレイを北に行った先にある平原を抜けた洞穴《ほらあな》に、突如として祠ができていたのだという。

今のところ、危険はないらしい。

だがどうやら調査をした魔法使いの証言によると、通常ではありえない量の魔力が内部に溜《た》まっているということだった。

「それは危険ですね……」

「その通りよ。もし魔物が変異したり、あるいは魔力が指向性をつけられてどこかへ飛ばされたりすれば……」

ボンッ、と言って、ミランダさんは握っていた手のひらを開く。どうやら爆発のジェスチャーのつもりらしい。

魔力とは、事象を改変するエネルギーの塊だ。

それが火属性に変換されれば火魔法という形で発現する。

そして魔力というのは、未《ま》だ解明されていない部分が数多くある謎の多いエネルギーでもある。

例えば魔物が発生する仕組みについても、魔力となんらかの関係があるというところまでしかわかっていない。ダンジョンに魔力が使われていることはわかってはいても、それがどのような仕組みで使われているのかといったことは解明されていないのだ。

そんな魔力が、とある一点に大量に溜まっている。

それがどのような影響をもたらすのかは、僕にはまったく想像がつかない。

だがミランダさんの言っている通り、大量の魔力を浴びる形で魔物が突然変異を起こしたり、なんらかの魔法の形を取り周囲に破壊をもたらすことは十分に考えられた。

何が起こるかわからないが故に、そこにはどんなことにも対応できる実力者を送り込みたい。

そんな思惑《おもわく》から、僕に白羽の矢を立てたということだろう。

「ここ最近、あなたにばかり負担をかけているのは申し訳なく思うけれど……お願いできるかしら？」

「はい、問題ありませんよ」

調査に出向くこと自体は問題ない。幸いソロで活動をしているおかげで、時間的な融通はいくらでも利《き》くしね。

しかし、名もなき祠の調査か……普段の戦いとは違うけれど、たまにはこういうのもいいかもしれないな。ここ最近は、ことあるごとに魔物と戦ってばかりだったから。

「最近はどうにも魔物被害が多くてね……ジェインがいない間に何かが起きないか、今のうちから心配よ」

「そうなんですか？」

「ええ、もちろん……って、そう言えばあなたは最近ランクが上がったばかりなのよね。安定感がありすぎて、どうにも忘れちゃいそうになるけれど」

どうやらここ数ヵ月の間、明らかに今までと比べて沢山の魔物が出没するようになっているらしい。これが普通なのだと思っていたけれど、たしかに考えればおかしな話だ。

ここ最近、僕はほとんど休む間もなく、ひっきりなしに魔物の討伐依頼をこなしている。

その中にはBランクの魔物も多く、一ヵ月ほど前にはアングレイにほど近いところに現れた、A

ランクの魔物を狩りに行ったりもした。

こんなに強力な魔物が沢山出てくるなんて、今までよくアングレイは無事だったなと思うことも何度かあったけれど……これが常態というわけではないみたいだ。

「もしかしてギルドマスターは、ここ最近の魔物騒ぎの理由がその祠にあると考えているんですか？」

「……わからない、っていうのが正直なところね。けれど最近、どうにもおかしなことが起こりすぎているような気がしているの。祠の出現も、世界の大きな流れの中にある支流の一つなんじゃないか、とは思っているわ。なんにせよ――頼んだわよ」

「任せて下さい。どんなハプニングが起ころうと、なんとかしてみせますよ」

◇◆◇

幸い洞穴までの距離はさほどない。

僕は馬を借りたりもせず、駆けて直接向かうことにした。

『勇者』のスキルを手に入れたことで、僕の全能力値は劇的に向上している。

今までは使えなかった光魔法も使えるようになったし、実は既にナルが授かった神聖魔法も使えるようになっている。

今も一緒に旅をしていたら、ナルはどんな顔をしたんだろうか。

「神聖魔法が使えるようになるなんて、これは神の思《おぼ》し召《め》しです！」とでも言って、僕を改宗させようとしたんだろうか。

そう言えば二人は今頃何をしているんだろう。あれだけの才能とスキルがあれば引く手は数多《あまた》だろうから、そこまで気にする必要はないとは思うんだけど……別れ方が悪かったから、どうにも後味が悪い。

チェンバーも同じだ。彼は今頃、何をしているんだろうか……。

少ししんみりしている間も、僕の足は信じられないほどの速度で大地を駆けている。

今はもう、全力疾走を一時間続けても息が多少荒くなる程度で済むようになっている。

ハハ……自分で言うのもなんだけど、完全に人間をやめてるよね、これ。

目的の洞穴は、幸いすぐに見つかった。

平原を抜けた先にある湿地帯の入り口付近へと向かったところで、すぐにわかった。

異様な量の魔力が溜まっている感覚がお腹《なか》のあたりにズシンときたからね。

腹のあたりにある丹田と呼ばれる場所で感じることができるのは自分の魔力だけのはずなんだけど……まさか外の魔力を感じることができるとは。

（これを放置するのはマズい。本当に何が起きるかわからないぞ）

強力な魔物の中には魔力を使い魔法を行使することができるものも多い。

けれどこの洞穴から感じる魔力は、そういった魔物とは比べものにならないほどに強いのだ。

これではギルドマスターが言っていた通り、本当に何が起こるかわからない。

アングレイからそれほど遠くない場所に、特大の爆弾を抱えているようなものだ。

どんな形にせよ、原因の究明と解決をしなければいけない。

アングレイが抱える冒険者の層について考えれば、他の誰かに任せるより僕がやった方がきっと上手くできるだろうから。

まずは洞穴に近付いていき、様子を確認する。とりあえず入り口付近に魔物の影はないようだった。

中を見たら、思わず喉の奥からウッと声が出た。更に魔力が濃くなっている。

洞穴に入ると、霧が充満していた。けれどよくよく観察すると、それはただの霧ではなく魔力の霧だった。

魔力霧とでも呼ぼうか。

どうやらここまで濃くなると、魔力は目に見えるようになるらしい。

神経を張り詰める。

何がやってきても対応できるよう、ミスリル剣を強く握った。

洞穴の中はかなり暗く、松明《たいまつ》のようなものもない。

ライトを使い光源を頭上に輝かせている状態で、先へと進む。

（ここに来るまでに考えていたんだけれど……この現象の理由はやはり――ダンジョンの生成なん

だろうか）

ダンジョン生成は、理由や過程のわかっていない自然現象の一つである。

ダンジョン化した場所では、魔物が出現するようになり、価値のある武具が発見されたり、各種鉱物資源などが産出するようになる。

地形が変わることもあれば、そこに元々棲《す》んでいる魔物が凶悪なものに変化したりすることもある。

詳しい原因はわかっておらず、変化のパターンも非常に多い。

今はとりあえず魔物の姿はない。

だが既にここの調査を命じられた冒険者パーティーたちのいくつかが、消息不明になっている。

どこかにその理由があるはずだ。

◇◆◇

奥へ進んでいくと、何やら意匠の施された通用門のようなものがあった。

そして人が来ていたことを示す、壁に明らかに人為的な傷が見えた。

ということはここから先へ行ったところに、祠があるということだろう。

先ほどまでより少しだけ歩くペースを落としながら、僕は先へと進むことにした――。

「なるほど……こいつが調査隊を全滅させたんだな」

通用門を抜けた先に、観音開きの扉があった。

ぐぐっと力を込めて扉を開いたその先にいたのは、事切れたように地面に倒れた一体の魔物。

僕が中に入ると、後ろにある扉が閉まっていく。

そして閉まるのと同時、扉に幾何学《きかがく》模様が浮かび上がった。

恐らくは魔物を倒すまで、開かない仕組みなんだろう。

ダンジョンにはそういった、探索者を試すような仕掛けがあることが多い。

そう、ここは間違いなくダンジョンだ。

ダンジョンの奥地にいるのは——宝物を守る強力なボスモンスターと、相場が決まっているからね。

「……ガガッ」

侵入者がやってきたことを察知した魔物の目が赤く光った。

そして起動した魔物——ゴーレムは、起き上がる。

その体色は淡い緑。恐らくはミスリルゴーレム。

ランクとしてはB、Bの中では中くらいだ。たしかにこいつを相手にするには、Cランク冒険者では分が悪いだろう。

けれど残念ながら——僕の敵じゃない。

弱い敵を嬲《なぶ》る趣味はない。

さっさとケリをつけよう。

鞘《さや》から剣を抜き、構える。

ミスリルゴーレムがこちらに接近してくる。

地響きが身体を揺らすけれど、僕の心にはさざなみ一つ立ちはしない。

「魔法剣」

刀身に魔力を這《は》わせる。

神聖魔法の柔《やわ》らかい光が、ミスリル剣を包み込んだ。

「ヴィクティムソード！」

刀身に沿って伸びる光の筋。

光の剣が高速で伸張し、そのままこちら目掛けて走ってくるゴーレムへと襲いかかる。

魔法剣――それは魔法を剣に乗せるというただそれだけのものだ。

けれどこれを使うようになるためには必要ないくつもの要素がある。

魔法を剣に固定できるだけの練度の高さや、それに耐えうる魔力含有金属の剣は最低条件。

魔法を制御しながら剣を振るうことは難しい……が、難度が高いだけのことはあり、かなりの威力が出る。

神聖魔法の聖なる光を乗せた僕の剣は、こちらに迫ってくるミスリルゴーレムを袈裟《けさ》懸《が》けに斬り裂いた。

「ガ、ギギ、ギッ……」

ミスリルゴーレムは身体を真っ二つに斬り裂かれ、そのまま地面に倒れ伏した。

一度魔法剣を解除して、その肉体を観察。

内側に、光を放つ赤い球が見える。

あれが核――スライムやゴーレムにおいて心臓の役割を果たす重要な部位だ。

ゴーレムの場合は、核を壊さない限りその動きを止めることはできない。核が無事である限りその肉体は再生してしまう。

けれど核を壊してしまえば、何も問題はない。

「ヴィクティムソード！」

今度は正眼に構え、ミスリルゴーレムへとその切っ先を向ける。

再度光の剣を伸ばす。

高速で伸びていく魔法剣は、くっつきつつあるミスリルゴーレムの左右の身体の裂け目を縫って進んでいき、そのまま核を貫いた。

「……」

光っていたゴーレムの瞳からは輝きが失われ、そのまま二度と動くことはなかった。

「……やっぱり、こんなものか」

この魔法剣は、あまりにも威力が高すぎる。

ヴィクティムソードを使ってしまえば、以前感じていたような戦闘の高揚感や爽快感というものがまったく感じられず、不完全燃焼になってしまう。

そのため僕は基本的に魔物との戦闘では、剣技か魔法のどちらかだけで戦うよう心がけていた。

魔法剣ばかりを使っていたら、僕という人間が自堕落《じだらく》に陥《おちい》ってしまいそうだったから。

「うん、これなら運べそうだ」

魔法剣を解除し、ミスリルゴーレムの身体を持ち上げてみる。

これくらいの重さであれば、アングレイまで持ち運んでいくこともできるだろう。

僕は憂さを晴らすために思い切りミスリルゴーレムの残骸を、入ってきた扉へと投げつけた。するとどうやらボスを倒したからか、扉はあっけないほど簡単にミスリルゴーレムの重圧に負けてへし折れる。

先へ進んで行くと、気付けば部屋の奥の方に、宝箱と一つの魔法陣が出現していた。

恐らく前者はボスを討伐したことによる報酬で、後者は祠の外へと向かうための転移魔法陣だろう。

まずは宝箱を開いてみる。

中から出てきたのは、一見すると何の変哲もない巾着袋だ。

けれど口を縛る紐《ひも》を解いて中を覗《のぞ》いてみれば、その異常さにはすぐに気付くことができた。

「な、なんだ、これ……」

片手で持てるサイズの巾着袋だというのに、底がまったくと言っていいほどに見えないのだ。

そして魔力の膜のようなもので、袋の中が薄く虹色に光っている。

おそるおそる手を入れてみると、すんなりと入った。

そして明らかに袋のサイズを超えているというのに、肘《ひじ》のあたりまでがすっぽりと収まったところで、怖くなってきたので腕を引き抜く。

(少ないが使い手もいるっていう空間魔法……それが付与されている魔道具、ってところかな?)

ダンジョンからは魔道具と言われる、魔法の込められた特殊なアイテムが産出することがある。

以前読んだ本では、本来よりも沢山の容量を持つ魔法の袋なる魔道具があったはずだ。

とすればこいつも魔法の袋、と考えてよさそうだ。

どれくらいの容量があるんだろう……と顎に手を当てる僕の目の前には、先ほど勢い任せにぶん投げたミスリルゴーレムの残骸、もといミスリルの塊があった。

とりあえず、入れられるだけ入れてみようか……などと軽い気持ちで考えていたわけだけど。

「ぜ、全部入った……」

まさかのまさか、ミスリルゴーレム一体分のミスリルが丸々入ってしまった。

この魔法の袋の収容量は、絶対に普通じゃない。

見た目よりもずっと大きな物も入れることができる。おまけに、入れたい物を巾着袋の口にくっつけるだけで、それがどれだけ大きな物でも消えて、袋に収納されてしまうようだ。

ミスリルゴーレムの巨体も一瞬で収納できたから、恐らく相当デカいものであっても入れることができると思う。

（これだけすごい魔法の袋となれば……恐らくありえない高値がつくだろうね。まあ、売るつもりはないけれど）

これがあれば旅がずいぶんと楽になる。

リュックに入れられる食料や寝具には限りがあったから、長旅をするのは今までは難しかった。

けれどこいつがあれば、恐らく今後は遠方での依頼や長期間の忍耐を求められる依頼なども受けられるようになる。冒険者としての幅がかなり大きくなるはずだ。

ミスリルゴーレムを倒して得られる報酬としては破格だろう。

（……っと、いけないいけない）

望外の魔道具を手に入れて浮ついていた自分を戒める。

僕がやってきたのは、この魔力溜まりの理由を調べるためだ。

ミスリルゴーレムや魔法の袋だけでは、未《いま》だに大量に満ちている魔力に説明をつけることができない。

少しだけ頭を冷やしてから魔力の出所を確認すると、大量の魔力は魔法陣から噴出しているのがわかった。

ダンジョンにおいて転移魔法陣の果たす役割は三つ。

一つ目は最下層から脱出するための魔法陣。二つ目は転移罠《わな》として本来とは異なる階層へと運ぶための魔法陣。

そして三つ目は……ダンジョン最下層にあるボスのいる部屋へと繋《つな》がる魔法陣。

となるとこの先に広がっているのは、ボス部屋になるわけだけど。

(あれ、ということは……このミスリルゴーレムはボスでもなんでもない、普通の魔物ってことになるのか?)

だとすればボス部屋にいる魔物は、いったいどれほどの強さになるのだろうか。

最低でもAランク、下手をすればそれ以上の魔物の可能性も……。

それほど強力な魔物のいるダンジョンができたとなれば、この漏れ出す魔力にも説明がつく。

(……勝てるか? それほどの魔物を相手に、僕一人で)

『勇者』スキルを手に入れてからというもの、僕は未だ全力で戦闘をしたことがない。

ある程度本気を出して戦えば、大して苦戦することもなく勝つことができてしまうからだ。

だがそんな僕でも勝てるかわからないほどに強力な、街のギルドマスターが動かなければならないほどの魔力を出している魔物が、この魔法陣を越えた先にいる。

そんなまだ見ぬ強敵のことを考えると僕の心は——跳ねて、躍った。

いったい僕が何のために、冒険者になったのか。

そんなの、決まっている。

――未知に挑み強敵を倒す。そして誰よりも強くなる。

僕の胸の内にずっと長いこと燻《くすぶ》っていた情熱が、再び燃え上がるのを感じた。

「……よし」

頷《うなず》き、前へ出る。魔法陣を踏むと、転移が発動した。

光に包まれ、ここではないどこかへと飛ばされる。

そこにあったものとは……。

「ふむ、来客か。もてなしもできずに悪いの」

全身を鎖で雁字《がんじ》搦《がら》めにされている、謎の美女だった。

さすがにこれは……想像してなかった、かな。

◇◆◇

その美女の格好は、ものすごく露出度の高い神官服だった。

神官服っていうのは普通青くて、くるぶしのあたりまでスカートの裾が伸びているものだと思うんだけど、彼女の着ているものは赤く、そしてスリットが入ってちらちらと太ももが見えている。

そして何故か全身を鎖で雁字搦めにされており、その拘束は上にいくほどキツくなっていた。

まるで緊縛趣味の人間が作り出したかのような、美しさすら感じる縛り方だった。

「君は、このボス部屋の魔物ということでいいのかな？」

「わしを魔物……じゃと？　ふんっ、ようやく試練を乗り越えて人がやってきたかと思えばこんな童《わっぱ》とは。期待外れもいいところじゃ」

「そうか、ごめんね。ちなみに君の名前は？　僕はジェインっていうんだ」

「ふん、童に名乗る名などないわ」

先ほどの態度が嘘《うそ》であるかのように、今の彼女の態度は頑《かたく》なだった。

どうやら僕の態度のどこかが、気に障ってしまったらしい。

彼女の顔立ちは、びっくりするほど整《ととの》っている。

ぱっちりとした瞳、パーツの配置も完璧で、顔は綺麗《きれい》にシンメトリーになっている。

でも顔が綺麗すぎるせいで、どこか作り物めいて見える。

言葉を聞く限り、中身は結構なじゃじゃ馬のようだけど。

「ここはボス部屋などではない。勇者を待つための祭壇じゃ」

それだけ言うと、美女はクイッと顎を動かした。

腕に巻き付く太い鎖が、じゃらりと音を立てる。

彼女が示す先には、たしかに祭壇らしきものがあった。

全体的に苔《こけ》むしているが、かなりがっちりとしている。

少なくとも僕の見たことのない様式だ。質素ながらも力強さを感じさせる不思議な造りをしている。

そして祭壇の中央には台座があり、そこには一本の剣が突き刺さっていた。

天井《てんじょう》からは光が射し込んでおり、剣は陽光を反射してきらりと輝いている。

「何故ダンジョンの奥地で、太陽の光が……？」

「ここがダンジョンなどではないからじゃよ、童。言ったじゃろう、勇者を待つための祭壇と」

「勇者を待つための、祭壇……」

自分が授かったスキルは『勇者』だ。何か関係はあるのだろうか。

……考えるまでもない。絶対に因果関係はあるはず。

「あの剣は、いったいなんなんだ？　祠だから……神具の類《たぐ》いかな？」

「半分正解じゃな。あれは聖剣フリスヴェルグ……この世界の救世主に与えられる、魔を祓《はら》うための剣よ」

「聖剣、フリスヴェルグ……」

怒濤《どとう》の展開に、オウム返しをすることしかできない。

けれど聖剣という言葉を聞き、僕の胸はドキリと跳ねていた。

まだ僕が小さかった時の話だ。母が教えてくれたおとぎ話の中に、聖剣を手に入れた一人の少年の冒険譚《たん》があった。

僕はその話が大好きだった。

聖剣を使い魔物の被害に怯《おび》える村人たちを救い、時に魔物側に与《くみ》する人間を成敗し、また時に窮地に陥った姫を救出し恋に落ちる。

僕が冒険者を目指したのは、そのおとぎ話に触発され、そんな風に大冒険をしてみたいと思った幼少期の頃の強い憧《あこが》れが大きい。

だから反対する母さんやそんなことは不可能だという父さんを無視して、一人都にやってきた。

憧れていた、いつか手にしたいと思っていた聖剣。

かつて憧れていた……いや、今だって憧れている剣がこうして僕の目の前にある。

——気が付けば、無意識のうちに前へと進んでいた。

「やめておけ、死ぬぞ」

「そうなのかい？」

「聖剣は持ち手を選ぶ。お前が嫌われれば、そのまま聖剣に殺されてしまうじゃろう」

僕のことは嫌いでも、忠告はしてくれるらしい。そのアンバランスな優しさに、思わず笑みがこぼれる。

彼女の忠告を無視して、僕は前に進み続けた。

そして聖剣の前に立つ。

「これを握ればいいのかい？」

「……ああ、そうじゃ。握って、引き抜いてみぃ。お前に選ばれるだけの資質があれば、聖剣はお前を選んでくれる」

僕が話を聞かないと見て諦めた様子で、そう教えてくれる。

手を握って、そして開く。

わき出してきた唾を飲み込むと、ごくりという音が聞こえてくる。

柄にもなく緊張しているらしい。

いや、これは緊張じゃない。

武者震いだ……僕は今、歓喜して興奮している。

思い切り手を伸ばす。

その動きは非常にゆっくりとしたように思えてもどかしい。逸《はや》る気持ち、何故か抱いている確信。

色々なものを胸に抱えて、僕は聖剣を握った。

そして、上へと引き抜く。

何の抵抗もなく剣は僕の手の中にすっぽりと収まった。

「な……っ⁉」

彼女はずいぶんと驚いているが、僕にはこの剣が僕を拒絶しないという確信があった。

それは例えば、一目見ただけでこいつとは仲良くなれそうだと感じたりだとか。この人のことが嫌いにはなれなそうだといった、漠然とした印象のようなもの。

そしてそういった第六感的な感覚っていうのは、案外当たるものだ。最初にピンときたチェンバーとは実際、馬が合ったしね。

僕の直感を後押しするように、聖剣フリスヴェルグの白刃がきらりと光った。まるでこれからよろしく、と言われているようだ。

握っていると、この剣の持つ魔法的な効果が頭に流れ込んでくる。

この聖剣の力は――所有者の力を、増幅させる力。

シンプルであり、だからこそ強い。

『勇者』でバカみたいに高くなった身体能力を更に増幅させるわけだから、その効力はとんでもないものになる。

くるりと振り返れば、そこには未だ鎖で縛られている美女の姿。

（いけるかい、フリスヴェルグ？）

そう心の中で問いかけると、まるでその問いに応《こた》えるかのように、聖剣がブゥンと震えた。

「チェインライトニング！」

僕が発動させた光魔法――チェインライトニングは、光の稲妻を発生させる攻撃魔法だ。

ライトニング系の魔法は、初速はあるが、距離による威力の減退が非常に大きいのがその特徴だ。

けれど僕の『勇者』スキルによる補正と、聖剣による増幅があれば、距離が伸びても、本来のものよりはるかに威力が上がる。

更にどうやら聖剣の効果はただパワーを増幅させるだけではない。

技の微妙な出力調整などもできるようになっているのだ。

僕の雷は彼女の鎖だけを見事に打ち抜き、そして衝撃で壊した。

ジャラジャラと落ちていく鎖の欠片《かけら》。

近付いてから、回復魔法を使って傷を治した。

火傷《やけど》しないように加減したつもりだけれど、もしかするとどこかに怪我《けが》が残っているかもしれないからね。

「いらん、わしは龍巫女《りゅうみこ》ドラグウェル。聖剣の関与する攻撃では、わしに傷はつかぬ」

「そうか、ドラグウェルっていうのか。よろしく」

「ったく、こんなのが新たな聖剣の持ち主とは……」

そう言って彼女、ドラグウェルは嫌そうに手を差し出してくる。

僕は彼女の手を取って、握手を交わすのだった――。

◇◆◇

「……とまあ、大体こんな感じです」

「それは……大変という言葉でも言い表せないような経験ね……」

ギルドマスター、ミランダさんに事情説明を終えた僕は、ふうっと一息ついてから、机の上に置かれているお茶を一気に飲み干した。

とりあえず僕が聖剣フリスヴェルグを抜いた段階で、あの大量の濃密な魔力は消えた。どうやらあの魔力溜まりの原因は、聖剣が原因だったらしい。

長年かけて増幅を続けた聖剣の力が暴走しかけていたというのが一番大きいのだけれど、ドラグウェルが拘束されていたというのもあったようだ。

本来ならば聖剣の守り手として聖剣の側に控えていなければならないドラグウェルは、魔法で拘束されることによってその力のかなりの部分を制限されてしまっていた。

そのせいで彼女は聖剣を次代の勇者へと受け渡すという役目を果たすことはおろか、聖剣の力が暴走しないよう適度に発散させることもできなくなっていたのだ。

意識が覚醒した時には既にあの状態だったという話だけれど……いったい誰が何のためにそんなことをしたんだろうか。

「とにかく、僕が聖剣を手に入れたという事実はなるべく伏せておいて下さい。もちろん上層部の方々への報告は仕方ないと諦めますが」

聖剣を手に入れるというのは、大きな意味を持つ。

要は僕が聖剣の使い手であるということは、おとぎ話に出てくるような強力な力を持っていることの証左でもあるからだ。

だから僕は……このアングレイを去ることに決めた。

既にチェンバーもマーサもナルもこの街にいないとはいえ、それでもやはり微妙な居心地の悪さは感じていた。

せっかくなので、今がいいタイミングだろう。

「そう……そうね」

ミランダさんは少し物足りなそうな顔をしていたが、僕が考えていることをしっかりと理解しているからだろう。強く反対するようなことはなかった。

「それなら最後に依頼をこなしてくれないかしら」

このアングレイの街を去ってしまうことにわずかな罪悪感を覚えていた僕に、ミランダさんのお願いを無下にすることはできなかった。

その内容とは、ゴブリンキングの討伐だ。

ランク的にも何も問題はなく、聖剣を手に入れた今となっては鬼に金棒状態なので、簡単に蹴散らすことができると思う。

こうして依頼をこなすことを決めた。

「一応騎士団が来るまでの時間稼《かせ》ぎって話よ。単身頑張ってるパーティーはいるらしいけど、このままじゃきついみたい」

「へぇ、珍しいですね」

命をかけてまで依頼をこなそうとするような、小さな頃の僕が聞いて憧れた冒険者というのはほとんどいない。

冒険者というのはあくまで職業であり、金を稼ぐためのもの。だから誰かのために命を張るくらいなら別天地へ逃げる。悲しいかな、そんなドライな冒険者が多いのが実情だ。

「どんな人なんですか？」

「さぁ？　えっと、ちょっと待ってね」

そう言ってガサゴソと資料を探し始めたミランダさん。

彼女が差し出した報告資料の内容を聞いた僕は驚き、そして……。

「……ふふっ」

気付けば、笑っていた。ゴブリン討伐を頑張っている彼の姿が、容易に想像できたからだ。

それなら、急がなくちゃいけないな。きっと頑張っているであろう僕の……親友のために。

あとがき

初めましての方は初めまして、そうでない方はお久しぶりです。しんこせいと申す者でございます。

講談社という名前を聞いた時、皆様は何を思い出すでしょうか。

『姑獲鳥《うぶめ》の夏』でしょうか、『化物語』でしょうか、それとも『A―BOUT《アバウト》!』でしょうか。

僕の場合脳裏に浮かぶ作品は、間違いなく『魔法先生ネギま!』です。

『ネギま』で一番好きなキャラはやっぱりせっちゃん。

週刊少年マガジンにかじりつきながら魔法世界編を読んでいたあの時から、ずいぶんと時は流れました。

人間万事塞翁《にんげんばんじさいおう》が馬《うま》といいますが、今こうして講談社から出版される小説のあとがきを書いていることに、僕自身が一番驚いています。

諦めないで続けてきて良かったです、本当に。継続は力なりとは良く言ったものですね。

自分が講談社から本を出すことになるとは思ってもみませんでした。

学生時代の僕に言っても、きっと信じてもらえないでしょう。

「ハッピー☆マテリアル」をハミングし、「せんちめんたる じぇねれ~しょん」を歌っていたあの時の僕が今の自分を見たら、なんと言うでしょうか。

今の僕は、昔の僕が誇れるような自分になれているでしょうか。

……きっと、もっと面白いものを書けと叱咤《しった》されるでしょうね。

こうして本を出すことができる幸せを決して当たり前と思わず、今後も精進していこうと思います。

——しっかし、『スクールランブル』面白かったですよねぇ。

僕の推しキャラはやっぱり塚本八雲《つかもとやくも》で、一番好きなのはサングラスを取った播磨《はりま》と沢近愛里《さわちかえり》がお見合いをめちゃくちゃにするあたりで……語り出すと紙幅《しふく》が足りないので、このくらいにしておきましょうか。

そんな漫画大好きな僕からするとありがたいことに、今作は現在コミカライズも連載中です！

『水曜日のシリウス』にて読むことができますので、是非ご一読を！

大橋《おおはし》ウルオ先生の描くチェンバー達の活躍を楽しんでいただけますと幸いです。

ここからは謝辞を。

イラストレーターのてんまそ様、ありがとうございます。大学時代お世話になったエロゲの絵師さんとお仕事ができるとは……ラノベ作家になって良かった！

そして何より、本作をこうして手に取ってくれているあなたに何よりの感謝を。

あなたの心に何かを残すことができたのであれば、作者としてそれ以上の幸せはありません。

Kラノベブックス

外《はず》れスキル『レベルアップ』のせいでパーティーを追放《ついほう》された少年《しょうねん》は、レベルを上《あ》げて物理《ぶつり》で殴《なぐ》る

しんこせい

2024年6月28日第1刷発行

発行者	森田浩章
発行所	株式会社 講談社 〒112-8001　東京都文京区音羽2-12-21
電　話	出版　(03)5395-3715 販売　(03)5395-3605 業務　(03)5395-3603
デザイン	柊椋（I.S.W DESIGNING）
本文データ制作	講談社デジタル製作
印刷所	株式会社ＫＰＳプロダクツ
製本所	株式会社フォーネット社

KODANSHA

ISBN978-4-06-534088-2　N.D.C.913　297p　19cm
定価はカバーに表示してあります

ファンレター、
作品のご感想を
お待ちしています。

あて先
〒112-8001　東京都文京区音羽2-12-21
(株) 講談社　ライトノベル出版部 気付
「しんこせい先生」係
「てんまそ先生」係

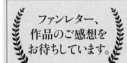

講談社ラノベ文庫

すべてはギャルの是洞さんに軽蔑されるために！

著:たか野む　イラスト:カンミ缶

陰キャの高校生、狭間陸人。クラスには、そんな彼に優しい
「オタクに優しいギャル」である是洞さんもいた。
狭間は是洞さんに優しくされるたびに、こう思うのであった。
「軽蔑の目を向けられ、蔑まれてみたい」と。そう、彼はドMであった。
個性豊かな部活仲間とギャルが繰り広げる青春ラブコメディ！

講談社ラノベ文庫

ダンジョン城下町運営記

著:ミミ　イラスト:nueco

「――組織の再生の方法、ご存知ですか？」

高校生社長、木下優多は、若くして財産を築くが、金に目がくらんだ友人や親戚に裏切られ、果ては父親に刺されてしまう。絶望した優多を救ったのは、召喚主にして心優しき異世界の亡国の姫君、ミユの涙と純真な心から生まれた、小さな未練だった。

これは再生屋と呼ばれた少年が、少女のために国を再生する物語。